悪夢の観覧車

木下半太

幻冬舎文庫

悪夢の観覧車

目次

序章　一週間前

ちょっと！　ラグによだれ垂れてるし！　それ、四万円もしたのよ！

ドーベルマンは、おかまいなしに、よだれを垂れ流し続けている。

ニーナは、泣きたくなるのを我慢して、男に言った。

「込み入った話は他の場所でやってもらえませんか？　わたし、何かと忙しいんで」

「ぶっ殺すぞ。このガキが……」

聞いてないし。

男の顔色は土色で生気がない。白髪《しらが》混じりの薄い髪が、脂《あぶら》ぎってべっとりしている。薄汚れているシャツは、一目で何日も着ている物だとわかった。

「社長！　何しに来はったんですか！　話はもう付いたやないですか！」

ニーナの治療を受けていた赤松大二郎が、男に怒鳴った。

「大二郎、誰よこの人？」

「さっき取り立てに行った印刷会社の社長……」

「何でここに来るのよ！」

「ゴメン。尾行されたみたいやわ」

尾行って……。いい加減にしてよ！　TSUTAYAにDVDを返しに行かなきゃ！　というわけで、大二郎、あとはよろしく」

「あ、そうだ。

ニーナはクルリと体を反転させ、赤松大二郎をグイッと男とドーベルマンに差し出した。

「ニーナちゃん！　押すなって！」

慌てふためく大二郎に、ドーベルマンが低く唸《うな》る。

確かに、モグリの医者なんてキナ臭い商売をやっていると、あらゆるトラブルと背中合わせだ。だからといって、ドーベルマンなんかに嚙《か》まれたらシャレにならない。

「アホンダラが……。イテまうぞ、ゴラァ。頭カチ割って脳ミソを味噌汁の中に入れてもうたろか！」

社長が、Vシネマのヤクザ顔負けの巻き舌で暴言を吐き、ゴルフバッグを開けた。

何よ、ゴルフクラブで暴れる気？

緊張が走る。ニーナは、一歩さがって身構えた。

そんな甘いものではなかった。社長がバッグから取り出したのは、アイアンやパターではなく、日本刀だった。

嘘《うそ》でしょ……本物？　ニーナは、あとずさりした。本物に決まってるわよね。殺すって言ってるんだから。

ニーナは今年で、三十二歳になる。本名は仁科真理子。皆、ニーナと呼ぶ。仁科でニーナ。ただそれだけの単純な理由。サーフィン命。小麦色の肌と年中デニムのミニを穿《は》いているせいか、二十五歳以上に見られたことがない。日本橋《にっぽんばし》のボロいビルの一角に診療所を構え、ケツ持ちの門田組が紹介してくる〝正規の医者には行けない患者〟を治療している。大二郎もそのうちの一人だ。門田組の準構成員で、借金取りをやらされている大二郎は生傷が絶えない。

今日も、『犬に噛まれてん』と、大二郎は右耳から血を流しながらやってきた。倒産した印刷会社の社長宅に取り立てに行ったら居留守を使われ、痺《しび》れを切らして屋敷の塀を乗り越えたら、番犬のドーベルマンに襲われたらしい。

「お前、それでも男か！　素手で勝負しろや！」大二郎が、社長を牽制《けんせい》する。

「アンタも落ち着きなさいよ！　これ以上、この人を刺激しないで！」

ニーナは、慌てて大二郎の背中に隠れた。

大二郎は、ガキ大将がそのまま大人になったような男だ。確か、二十一歳。髪は金髪で、しかもリーゼント。着ている和柄のアロハシャツは、なぜか伊勢海老《えび》の模様がプリントされている。ジーンズは、《サンタフェ》。プロ野球選手がオフのゴルフ大会で穿いているような代物だ。そして、極めつきは、足元の雪駄《せった》……。

「舐《な》めやがって……笑いやがって……そんなにワシが落ちぶれたのがオモロいか……あん？オモロいか？」

社長が、日本刀を上段に構えた。

誰も笑ってないって！

よく見ると、社長の目が普通じゃない。瞳孔が開いている。何か薬物をキメているようだ。

「どうなってんねん……社長、さっきと別人になってるやんけ」

「アンタ、何かしたの？」

「何もしてへんって！　金庫にあった金を全部返してもらっただけやって」

それだ。社長は、なけなしの金をむしり取られてヤケクソになったのだ。ヤバい。追い詰められた人間は何をしでかすかわからない。

大二郎の治療中、突然、社長がゴルフバッグを肩にかけ、アホ犬と乱入してきたのには腰が抜けそうになった。

「ちょっと、大二郎。何とかしてよ！」

「じゃあ、このオッサン倒したら、デートしてくれる？」

「は？　今、それどころじゃないでしょ！」

「モチベーションを上げげんと、日本刀に立ち向かっていけへんって！」

　このバカだけは……。

「水族館はどう？」

「本気で言ってるの？」

「天保山《てんぽうざん》にある、《海遊館》に行ったことある？　ニーナちゃん、サーファーやから、ピッタリやと思うんやけどなぁ」

「おい、コラッ！　女を口説《くど》いてる場合か！」社長が怒鳴った。ごもっともだ。

「ジンベエザメ、めっちゃデカいで」

「知らないわよ！」

「マジで？」大二郎が目を丸くする。「見たことないの？　ジンベエザメ？」

「ないってば」

「絶対、ジンベエザメは見といた方がええって！　一生後悔するってば！　感動するってば！」

「ええ加減にせえよ……ワレ」社長が、にじり寄って来る。

「ニーナちゃんと水族館行って、ランチして、観覧車に乗れたら、俺もう死んでもええわ」

「今、ワシが殺したろうやんけ……」

「なんで観覧車が出てくんのよ」

「天保山と言えば《大観覧車》やんか！　あれに乗らな、一生後悔するってば！」

仕方ない。殺されるよりはマシだ。

「わかったわよ！　海遊館でも観覧車でも何でも付き合うから、さっさとやっつけてよ！」

「やる気出てきたぁ～」

大二郎がポケットに手を突っ込んだ。

何か凄《すご》い武器でもあるの？　ナイフ？　まさか、銃？

ドーベルマンが、前足を踏ん張り、身を低くする。戦闘準備オッケーだ。

「できる限り細かく切り刻んで、つくねにしたろか、コラー！」

社長が、大二郎に斬《き》りかかる。同時に、ドーベルマンも床を蹴《け》って、大二郎に襲いかかった。

大二郎がポケットから手を出した。

ボウッ。

大二郎の手から、大きな炎が噴き上がった。

ニーナは、腰を抜かした。

鼻先を焼かれたドーベルマンは、子犬のように鳴き、診療所の外へ飛び出した。

「アチッ！　アチッ！」

炎が焼いたのは、ドーベルマンの鼻だけではなかった。社長のなけなしの髪が燃えている。

「……手品？」

「うん。俺の趣味やねん」大二郎が、照れながら言った。「今のは、〝フラッシュペーパー〟っていう紙を使ってん」

手品が趣味のチンピラ？　聞いたことないわよ。

「ハゲる！　アチッ！　ハゲてまう！　火を消してくれ！」

尻餅《しりもち》をついた社長が、日本刀を放り出した。火を消そうと必死で自分の頭を叩《たた》いている。

「社長、俺が火を消したるわ！」

大二郎が、さっきまで自分が座っていたパイプイスを持ち上げ、社長の頭に振り下ろした。


「ニーナちゃん、来週の日曜日はどう？」

大二郎が、パイプイスで社長の頭を消火した後、訊《き》いてきた。

「日曜日？　何があるのよ？」

「何言ってんねん！　デートに決まってるやんか！　水族館と観覧車！」

げっ。覚えてたか。

「……わかったわよ」

「約束やで」

大二郎はニコッと笑い、気絶している社長を引きずりながら帰っていった。

第一章　大観覧車

二〇〇八年　五月

1　観覧車17号　パパは高所恐怖症

耐えろ。男ならこの試練を耐え抜くんだ。

牛島賢治は、奥歯を嚙みしめ、目を閉じた。

迫り来る恐怖に叫び出しそうだ。さっきから、膝《ひざ》が笑っている。膀胱《ぼうこう》も縮み上がり、失禁までのカウントダウンを開始した。胃もムカつき、昼に食べたお好み焼きが躍り出す。大阪に遊びに来たからには、お好み焼きだと張り切って食べたのが失敗だった。

さすが本場。生地がサクサクして、ものすごく美味《おい》しかった。けど大失敗だ。

こうなることがわかっていて、なぜ、あんなにこってりした物を食べた？　同じ大阪名物なら、きつねうどんにしとけば良かった。

我慢しろ。これも家族のためだ。愛する妻と可愛い子供たちのため、命を懸けて闘うんだ。

賢治は、ゆっくり鼻から息を吸い込み、何とか自分を落ち着かせようとした。

今だけタフな男に変身しろ。強い男をイメージしてなりきるんだ。

誰だ？　誰がいい？

中年でタフ。やはり、ブルース・ウィリスだろうか？　製麺《せいめん》会社の営業課長の私が、ブルース・ウィリス……。あまりにも体格に差があり過ぎる。あちらのマッチョなボディに比べ、こっちの体は、煮込み過ぎたおでんのちくわだ。情けないにも程がある。たるんだ皮膚に、メタボな下腹。いつも風呂上がりに鏡で見るたびタメ息が出る。

顔も情けないほど地味だ。タレ目からは闘争心が全く感じられない。生まれてこのかた殴り合いのケンカなんて一度もしたことがない。戦う男の目じゃないんだ。野獣に怯《おび》える草食動物の目だ。ブルース・ウィリスに勝っているのは髪の毛だけだ。最近、薄くはなってきたけど……。

おい！　己の貧弱ボディを想像してどうするんだよ！　ダイ・ハードだ、ダイ・ハード！　ところで、ダイ・ハードってどういう意味だ？　ダイ＝死ぬ？　ハード＝激しく？　激しく死ぬ？　死んじゃダメだろ！

「パパ！　もうすぐ頂上だよ！　すっげえ高い！　あっ、海！　あっ、船！　でっけぇ船！　タイタニックだ！　沈め！」

息子の豪太が、ハイテンションで叫んだ。と、同時に足元が揺れる。生きた心地がしない。

目をつぶっているのでわからないが、豪太が飛び上がって喜んでいるのだろう。

息子よ、頼むからピョンピョンしないでくれ。ずっと、内緒にしていたけれど、パパは高所恐怖症なんだ。

賢治は、今、天保山ハーバービレッジの《大観覧車》に乗っていた。高所恐怖症が観覧車に乗るなんて。蟹《かに》アレルギーの人間が、《かに道楽》で蟹をむさぼり食うほど無謀なことだ。

何を言ってるんだ、私は……。

昨日、道頓堀で、《かに道楽》の看板の大きいカニロボットを見たせいだ。

「次はあの船に乗りたい！　海遊館で見たジンベエザメ釣りたい！」

豪太がさらに興奮して、キャビンを揺らす。

ソース味とマヨネーズ味とすっぱい胃液味が、ノドまで込み上げてきた。

豪太やめてくれ。お父さん、本当に吐いちゃうぞ。

豪太は小学二年生。八歳になる。名前のとおり、豪快に育っている。肌は焦げているかのように真っ黒に焼け、半ズボンから出た足は絆創膏《ばんそうこう》だらけだ。顔は賢治に似て、タレ目で大人しそうだが、とんでもないやんちゃ坊主だ。ガキ大将と言うより、発想と行動が無鉄砲で無軌道で無茶苦茶な、一言で言うと問題児である。《将来の夢》という作文に、《アメリカ合衆国を倒す》と書いてあったのには、ひっくり返りそうになった。

豪太の今日の服は、妻が選んだ青と白のボーダーのカットソーだ。

「あれ？　パパ、何で泣いてるの？　涙が頬《ほお》を伝ってるよ」

娘の優歌が、心配そうに声をかけてきた。

優歌は小学四年生。十歳になる。名前のとおり、心優しい女の子だ。

「お仕事うまくいってないの？　リストラされるの？　お願いだから優歌を残して自殺しないでね」

心優しいが、妙に現実的でネガティブ。そのくせ発言がシュール。我が娘ながら、ちょっぴり不気味だ。肌は白く、絹のように透き通っている。賢治と正反対のキレ長の目は、まつ毛が際立って長い。妻に似て、手足が長く、スタイルがいい。背もクラスで二番目に高い。時折見せる、大人びた仕草に、親ながらはっとさせられる。

優歌の今日の服は、妻が選んだ赤と白のボーダーのカットソーだ。

優歌の将来の夢は歌手。しかし、優歌の部屋からは、いつも井上陽水しか聞こえてこない。それも、初期のアルバムだ。

ある日、たまたま、優歌の勉強机の上にメモを見つけた。メモには自作の歌詞が書かれていた。タイトルは《夜の娘》。走り書きで、《夜の娘たちはくし刺しにされた蝶々の標本》とあった。続きは怖くて読めなかった。父親として、どう反応すればいいものかわからず、メモをそっと元あった場所に置いた。

「何を言ってんのよ、優歌は。相変わらずトンチンカンね。パパは、久しぶりの家族水入らずだから嬉《うれ》しくて泣いてんのよ。そうよね？」

妻の朝子が微笑《ほほえ》む。

朝子は、賢治の五つ下。三十五歳になる。十一年前、一目惚《ぼ》れをして、出会ったその日にプロポーズをした。子鹿のような目と、栗色の艶《つや》やかなショートヘアは、あの時と何ら変わっていない。今日は、自分が選んだ黄と白のボーダーのカットソーを着ている。

ちなみに、賢治は緑と白のボーダー。ペアルックならぬ、〝ファミリールック〟なのだが、こうやって観覧車に乗っていると、監獄の囚人みたいだ。

夫の自分が言うのも何だが、朝子は美しい。二人の子供を産んだとは思えないプロポーションだ。身長も高い。ヒールを履くと、百七十二センチの賢治を見下ろしてしまう。近所の《ローソン》でパートをしているが、そこの店長がいつも、いやらしい目で朝子を見ている。できることならすぐにでも辞《や》めて欲しい。

そんな朝子にも欠点はあった。それは、重度の天然ボケだということだ。本人は、家族で一番トンチンカンなのは、自分だということに気がついていない。

朝子は、三度の飯より車の運転が大好きだ。よく、一人でドライブに出かける。月に一度ほどの割合で、深夜のドライブをするのだ。怪しいが、浮気を疑ったことはない。断じてない。心配なのは事故だ。

半年前、一度、事故を起こした。ガードレールに突っ込んだのだ。運良く、ケガはなかったが……。朝子は、それでも、ドライブをやめようとしない。お願いだから車の運転だけはやめてくれと、いくら賢治が懇願しても、『私は無敵だから大丈夫』と聞き入れてくれない。天然ボケもここまでくると手のほどこしようがない。

だいたい、賢治の高所恐怖症も知っているはずなのに。結婚前のデートで、遊園地のジェットコースターで失神したのに。十一年前のことだから忘れているのか？

朝子ならありうる。

「私、高い所、だーい好き！　見てパパ！　あれ、通天閣じゃない？　串カツ食べたーい！　パパ、知ってた？　ソースは二度づけ禁止なんだよ。意味わかんないよね～」

やっぱり忘れている……。

賢治が、観覧車に乗っているのには訳があった。

五月。ゴールデン・ウィークのど真ん中。いわゆる家族サービスというやつだ。

誕生日の朝子の、『大阪に行って食いだおれたい』という意見を尊重したのだ。昨日の朝、賢治たち家族が住んでいる、東京は世田谷区のマンションを出て、昼過ぎに、新大阪駅に着いた。

さっそく、レンタカーを借り、ユニバーサル・スタジオ・ジャパンに向かった。目が回るほど人が多く非常に疲れた。《バック・トゥ・ザ・フューチャー》のアトラクションで三時間待った。それだけの時間があれば、東京に帰れる。

夜は、難波の道頓堀へ。グリコの前で記念写真を撮った。夕食は、鯨《くじら》料理の老舗《しにせ》でハリハリ鍋を食べ、たこ焼きを食べ、ホルモン焼きを食べた。本当に、倒れそうになった。

深夜、ホテルで子供たちを寝かしつけ、賢治と朝子は心斎橋へと出かけた。深夜のデートだ。Ｂａｒに飲みに行くのも、腕を組んで歩くのも久しぶりのことだった。

一軒目は、《ブルー・ラグーン》という南国風の店を選んだ。店内は、トロピカルな雰囲気と阪神タイガースファンのノリが絶妙にミックスされていた。高知県出身のマスターは、『藤川球児は俺の後輩だ』と言いながら、店内の誰よりも酒を呷《あお》っていた。

二軒目は、《酒楽》という、いかにも酒の種類にこだわってそうな店を選んだ。頭にバンダナを巻いた熊のように巨体のマスターが、これまたベロベロになっていた。マスターは、客の恋愛相談に乗っているうちに自分にも火が点《つ》いたのか、キャバクラ嬢に電話をかけて告白をし始めた。

朝子は、『濃かったね』と喜んでくれた。賢治も、それなりに大阪の夜を堪能した。ホテルへの帰り道、朝子が言った。

『明日は観覧車に乗りたいな。USJになかったでしょ。天保山に大観覧車があるんだって』

侮っていた。港区の天保山に〝大観覧車〟があるのはインターネットで調べて知っていた。ただ、こんなにデカいとは思ってもみなかった。

《高さ百十二・五メートル。直径は百メートル。晴れた日には、東は生駒山系、西は明石海峡大橋、南は関西国際空港、北は六甲山系までぐるっと一望できます。所要時間は約十五分です》と、パンフレットには書いてあった（読むんじゃなかったと後悔した）。

賢治は、うっすらと目を開けて、腕時計の針を確認した。六分と二十秒。あと、八分と四十秒の我慢ではないか。

勇気を出せ。男だろ。

賢治は、全身全霊の力を振り絞り、まぶたを開けた。背筋を伸ばし、引きつった笑顔を家族に向ける。

「パパ、今日はありがとう」

窓から射し込む太陽の光が、朝子の笑顔をさらに輝かせた。

「パパ、ありがとう！」

子供たちも、声を揃《そろ》えて言った。

人生、四十年。こんなに幸せな瞬間があったであろうか。この幸せに比べれば、大観覧車がなんだ。高所恐怖症なんて屁《へ》でもない……わけがない。外の景色が目の端に入っただけでも目眩《めまい》がする。

賢治は、努めて下を見ないようにアゴを上げた。もし、誤って遥か先の地面を見てしまったら気絶でもしかねない。

今は、美しき妻に集中しろ。

賢治は、朝子の顔面に視線をロックオンさせて言った。

「ママ。誕生日おめでとう」

朝子が照れ笑いを浮かべる。

今日は、朝子の三十五回目のバースデーなのだ。

「オメデトー！」と、子供たちが、黄色い声を上げ、プレゼントを出した。観覧車の頂上でプレゼントを渡すというサプライズを用意していたのだ。

「えっ？　ここでもらえるの？　ロマンチック！　やるなー、お主《ぬし》ら」

〝お主ら〟とは、朝子独特の愛情表現である。子供たちが皿洗いを手伝えば、『えらいぞ。お主ら』。学校の成績が落ちれば、『最近たるんでるぞ、お主ら』といった具合だ。ただ、近所のノラ猫たちにも『ニャーニャーうるさいな、お主ら』と言ってはいるが。

朝子が、まず優歌のプレゼントを開けた。

「口紅だ！　うれしー」

朝子が、優歌を抱きしめる。

「うるおいを保ってぷるるんリップになるやつだよ」優歌が得意げに説明する。十歳にしては生意気なチョイスだ。今時の子にすれば、当たり前なのかもしれないが。

「やだ。この年で、ぷるるんになっちゃうの？」

「いつパパと別れても安心でしょ」優歌が縁起でもないことを言う。

「そんな予定はございませんよ」朝子が、嬉しいことを言ってくれる。

「〝死に別れ〟ってのもあるよ。パパが若くしてガンになるかもしれないし。通り魔に刺されるかもしれないし」優歌が、さらに縁起でもないことを言った。

続いて、朝子が豪太のプレゼントを開けた。

「ケータイのストラップ？　うれしー」

朝子が、豪太を優歌と同じように抱きしめた。

「ママ、本当に嬉しいの？」優歌が、からかうように言った。

「もちろんよ」朝子が、手榴弾《しゆりゆうだん》のストラップをプラプラさせた。「でも、どこで売ってるのかしら」

「内緒！　実物大だよ！」豪太が、えっへんと胸を張る。

次は、賢治の番だ。

「パパもくれるんだ！　何をくれるんだろ〜」

「さあ？　何でしょうか？」賢治は、クイズの司会者のようにじらして言った。

「何？　何？　いいもの？」

「いいものかどうかは」賢治は、チノパンのポケットに手を突っ込んだ。「見てのお楽しみ……あれ？」

ない。プレゼントがない！

賢治は慌てて、反対のポケットも探した。こっちもない……。後ろのポケットには財布だけだ。

血の気が引いた。おいおい、何でないんだ！　まさか……落とした？

「どうしたの？」朝子が訝《いぶか》しげに賢治を見た。

この状況で、落とした、なんて言えるわけがない。

「パパのプレゼントは……あとのお楽しみ」

賢治は、汗まみれの顔でニッと笑った。腋《わき》の下からも汗が噴き出すのがわかる。

苦しい。もともと、嘘が大の苦手だというのに。

優歌と豪太も、予定と違うよ！　という目で、こっちを見ている。

「そうなんだ……」朝子が、あからさまにガッカリした顔をした。完全に嘘がバレている。

高所恐怖症どころではない。父親失格だ。さっきまで家族で幸せいっぱいだったのに、今は観覧車の中に気まずい空気が流れている。

観覧車に乗る前、確かにプレゼントはチノパンのポケットの中にあった。順番待ちで並んでいる時に、何度も触ったから間違いない。誰かに拾われて持ち逃げされてなければいいのだが。観覧車を降りたらすぐに——。

ちょっと待てよ。

賢治は、腕時計を見た。すでに、十五分経《た》っている。おかしい。賢治たちが乗っているキャビンは、まだ頂上にある。

「あれ？」豪太が、窓の外を見た。「この観覧車、動いてないよ」

2　観覧車18号　ニーナと大二郎

「ニーナちゃん、巻き込んでゴメンな」

地上から百メートル以上の上空で、突然、大二郎が謝ってきた。

「デート中に、そんなセリフを言われたの初めてなんだけど」ニーナは、キョトンとして答えた。

「外を見てや」大二郎が海の方向を指す。

海面が、太陽の光を受けて宝石のように輝いている。

「いい天気だね」

「そうやなくて。よう見てや」

「だから、何のことよ！　大二郎、今日何かおかしいよ？」

せっかく、お望みどおりに天保山でデートしてあげてやっているのに、最初からずっと浮かない顔だ。

一番解せないのが、大二郎が持ってきたアタッシュケースだ。和柄のアロハのシャツに、銀のアタッシュケースはないだろ。しかも、今日のシャツも伊勢海老の模様だし。

「そのアタッシュケースも何？　もしかして、手品グッズじゃないでしょうね？」

「違うよ」

大二郎が、暗い顔で答える。

「しかも、海遊館に行かないで、いきなり観覧車に乗ろうって言うし。フツー、観覧車はデートのクライマックスじゃない？」

「ホンマにゴメン」

大二郎が深々と頭を下げた。

「だ・か・ら！　何を謝ってんのよ！」

いい加減キレそうだ。

「ストップしてるやろ」大二郎が、もう一度窓の外を指した。

ニーナは、外の景色をグルリと見回した。

海。天保山ハーバービレッジの建物。車がたくさん停《と》まっているパーキング。

確かに動いていない。

「……故障？」

「俺が止めてん」

思わず鼻で笑った。誰だって冗談だと思うだろう。

「それギャグ？　その程度で笑えるほど、わたし若くないって」

大二郎の顔は、真剣なままだ。

「マジなの？」

大二郎が頷《うなず》く。

「意味わかんないんだけど。観覧車に乗ったまま、どうやって止めんのよ」

「正しくは、俺の仲間が係員を脅して止めてん」

ニーナは、しかめっ面の大二郎を眺めた。

「何の仲間よ」

「誘拐仲間」

「誰を誘拐するわけ？」

「ニーナちゃん」

ニーナは吹き出してしまった。

この男は、何とかしてわたしの気を引こうと必死なのだ。なかなか可愛い奴ではないか。

大二郎が、おもむろに膝の上のアタッシュケースを開ける。

「手品はやらなくていいって。また今度ね」ニーナはやんわりと断った。

手品グッズではなかった。

アタッシュケースの中には、デジタルの時計に無数のコード。パイプみたいな物がぎっしりと詰め込まれていた。

「何それ？」

「爆弾」大二郎が真顔で答える。

ニーナは、腹を抱えて大笑いした。

「さすが、大阪人！　笑いを取るためにここまでする？　それにしても、タイミング良く観覧車が止まったわね～。爆弾見せて。うん、ニセモノにしてはよくできてるじゃん。このコードとかパイプとかはホームセンターで揃えたの？　テレビの《24》で、ジャック・バウアーが、こんな爆弾を解除してなかったっけ？」

「本物の爆弾やねん」大二郎がへの字口になり、もう一度頭を下げる。「ニーナちゃん、ホンマにゴメンな」

「もう！　これ以上笑わせないでってば！　よく頑張った！」

ニーナは、大二郎の肩を叩いた。あまりにも幼稚なドッキリだが、この努力は買ってあげなければ。

「危ないって！」大二郎が、アタッシュケースを落としそうになり叫ぶ。「爆発したらどうすんねん！」

「ひ～。やめて～。苦しい～。大二郎、アンタ、ヤクザなんかやめて俳優目指したら？　どんだけ演技うまいのよ！」

笑い過ぎて腹筋が痛い。

「証拠見せるわ」

大二郎が、ポケットから銀色の小さな箱状の物を出した。ちょうど、タバコケースぐらいの大きさだ。真ん中に赤いボタンがついている。

「また何か出てきたぞ〜。何よ、それ？」

「スイッチ」大二郎が、全く表情を崩さずに答える。

「ギャハハハ！　スイッチって！　何のスイッチよ！」

「駐車場を見てや」と、大二郎は、東側の窓から下を指した。ハーバービレッジの前にある広いパーキングだ。日曜日のせいだろう、車でびっしりと埋まっている。

「あそこに青いライトバンが停まってるやろ？　左の一番はしっこ」

「うん、うん。次は何する気よ？」

「よく見ててや」

大二郎が手元のスイッチを押した。

次の瞬間、青いライトバンが閃光《せんこう》を放ち、爆発した。

ドス黒い煙がもうもうと昇っていく。パーキングの近くにいた人たちが、蜘蛛《くも》の子を散らすように逃げているのが見える。

何がどうなってんの？　ドッキリにしては、やり過ぎじゃない？

……マジで爆弾？

ニーナは混乱した。目の前で起きた爆発が、とても現実のものとは思えない。

「だ、誰か、死んだんじゃないの？」

「それは大丈夫や。ちゃんと確認して押したから」

ニーナは、大二郎が持つスイッチを穴が開くほど見つめた。「今のは……手品じゃないよね？」

大二郎が、慎重な手つきでアタッシュケースを閉じた。

「このアタッシュケースも同じ爆弾。火薬の量は十倍やけど」

ニーナは、もう笑ってはいなかった。

コイツ、何者なの？　何が目的なわけ？

明らかに、ニーナが知っている〝チンピラの大二郎〟ではなかった。

「アンタ……一体、誰よ」

大二郎は、何も答えず、観覧車の窓からジッと空を眺めていた。

その横顔は、哀《かな》しく、それでいて、なぜか優しく笑っているようにも見えた。

3　観覧車19号　伝説の男

「なっ……！　何が起こったんスか？」

石毛初彦は立ち上がり、観覧車の窓から駐車場を見た。

左隅に停めてあったライトバンが、炎を上げて燃えている。

「先生！　いきなり、く、車が爆発しましたで！」

「でっけえ音がしたな、おい。心臓が止まって、あの世に行っちまうかと思ったぜ。あんまり年寄りを驚かすんじゃねえよ」

常に冷静沈着な銀爺も、目を丸くして驚いている。

「ところで、おめえは何度、同じこと言わしやがんだ。その、〝先生〟って呼ぶのはやめろって言ってんだろうが。ケツの穴がむず痒《がゆ》いんだよ」

「す、すんまへん。じゃあ、何てお呼びすればよろしいですか？」

「他の奴らが呼んでるとおり、〝銀爺〟で、かまわねえよ」

心の中ではとっくにそう呼んでいる。

「伝説の男に対して、そんな失礼な呼び方できないっスよ」と、初彦は、一応遠慮するスタンスをとった。

「勝手に伝説にすんじゃねえよ。ただ、人より、ちょいとばかし、指が動くだけだろうが。こんなジジイをおだてても、どこにも登らねえぞ。ずいぶんと足腰も弱ってんだからよ」銀爺は、小指で鼻クソをほじりながらぼやいた。

「何を謙遜してはるんスか。〝仕立屋銀次〟と言えば、関西のスリ連中の間でも語り草になってますよ。現役最強のスリは、誰が何と言っても銀次さんしかおらへんって、堺の親方も一目置いてるんスから。仕立屋銀次の〝ダルマ外し〟の技は芸術の域で、名古屋の〝当たり屋の竜〟や、横浜の〝ハヤブサ五郎〟も裸足《はだし》で逃げ出すって――」

ツバをまき散らして熱弁する初彦に、銀爺が鼻クソをピンと飛ばした。

「危ない！　何しはるんスか！」初彦が、鼻クソを紙一重でかわして叫んだ。

「ベラベラとくだらねえ昔話してんじゃねえやい。今はそれどころじゃねえだろ」

確かに、銀爺の言うとおりだ。観覧車が止まったと思った矢先の爆発なのだ。

「もしかして……自爆テロですかね？」

「駐車場で自爆してどうすんだよ」

テロじゃないとすれば何だ？　ガソリンでも洩《も》れていたのか？

初彦は、息を整え、窓の外に目をやった。人の輪が遠巻きにライトバンを囲み、携帯電話カメラをかまえている。

「ヤジ馬が、わらわらと集まってきましたよ。燃えてる車の写真なんか撮ってどないする気なんスかね？」

「流行《はや》りのブログってやつにでも書くんだろうよ」銀爺が、ケッと吐き捨てた。「街中、なんでもかんでも写真に撮りたがるバカばっかりで、胸クソ悪いったりゃありゃしねえ。この前なんざ、寿司屋で、イカやマグロを撮ってる大バカのガキがいたんで、店から叩き出してやったぜ」

「写メを許す、寿司屋の大将も大将ですね」

その時、数台のワゴン車が、ヤジ馬を轢《ひ》き殺しかねない勢いで突っ込んできた。

「ん？　何スか、あれは？」

急ブレーキで停まったワゴンの中から、テレビカメラを担いだ男たちが次々と飛び出してくる。

「マスコミの連中が、もう来ましたで！　いくら何でも早過ぎるやろ！」

リポーターらしき女も、何人かワゴンの中から出てきて、カメラの前で実況を始めているようだ。

「テレビ局が集結してまっせ……」

「とんでもねえことに巻き込まれちまったな」

銀爺の低い声に、初彦の背中がゾクリと冷えた。

「な、何のことスか？」

初彦は、振り返って銀爺を見た。シワだらけの顔の奥で、獲物を狙《ねら》うタカのように鋭い目

くい。

「目ン玉広げて、テレビカメラをようく見てみな」

初彦は、言われたとおり、目を開いたが、視力が０・７とあまり良くないので逆に見えにくい。

「あの……目を細めて見てもいいスか？」

銀爺の握り拳《こぶし》が、初彦の後頭部を直撃した。

「痛てえ！」

「さっさと見ればいいんだよ！　何の許可だ？　バカかおめえは？」

「す、すんません」

初彦は、気を取り直し、思いっきり目を細めて、遥か下のカメラマンたちを観察した。

「カメラがこっち向いてる……なんで、観覧車を撮ってんねん？」

「爆弾が仕掛けられてんだよ」

「爆弾？　そんな物が……って、どこに仕掛けられてるんスか？」

「おめえ、救いようのねえくらい鈍いな。この観覧車に決まってんだろ」

何、寝言をほざいてんねん、このジジイは。まさか……ボケてるんとちゃうやろな？

ボケてるようには見えない。恐れ多くて、年齢も訊くことはできないが、ゆうに七十歳はいっているだろう。頭は禿《は》げあがってるし、口髭《くちひげ》も真っ白だ。

しかし、七十歳にしては、元気過ぎるジジイだ。杖《つえ》はついているものの、背筋はシャンと伸びている。何より、目力が凄い。いくつもの修羅場を潜《くぐ》り抜けてきたことを物語っている。

服装も渋い。禿げ頭にイタリア製のハットを載せ、三揃いのスーツでキメている。ダーク・グレーの落ち着いた色だ。銀爺の話では、これまたイタリア製の生地を自分で仕立てたらしい。初彦の安物の革ジャンと、穴だらけのジーンズとは大違いだ。

初彦は、今年で二十九歳になる。三十を目前にし、このままスリ師としてやっていくのか、キッパリと足を洗うのかを悩んでいた。いつまでも続けられる商売ではない。警察に捕まった仲間もいる。不況のあおりで、カモたちの懐具合も寂しい。

だからといって、今さら、どんな職があるというのか？

試しにハローワークに行ってみたものの、気分が悪くなって五分で逃げ出してしまった。そもそも、社会に適合できないから、スリというアウトローの世界に飛び込んだのだ。

それに加えて、初彦は顔がマズい。吹き出物だらけの岩男なのだ。ヤンキースの松井なんかよりも、よっぽど〝ゴジラ〟に似ている。スリを辞めて、金がない＆女にモテない人生を歩む勇気が、どうしても湧《わ》いてこなかった。

悩んだ末、堺を中心とした、南大阪を縄張りとするスリ組織の親方に相談したところ、

『達人の技を見せてもらってこい』と、伝説の〝仕立屋銀次〟を紹介されたのだ。

銀爺の縄張りは東京の浅草だ。電話をかけ、会いに行こうとすると、『俺が大阪に行ってやるよ。ちょうど、古い仲間と会う予定があるんでな』と、わざわざ、新幹線に乗って来てくれたのだ。

てっきり、観光客がごった返す道頓堀や心斎橋あたりでスリのテクニックを見せてもらえるものと思っていたのだが、違った。新大阪駅の中央出口で会うなり、『観覧車に乗りてえな。天保山にでっけえのがあんだろ？』と言われ、半ば強引に観光案内をさせられているのだった。

その上、爆弾が仕掛けられてるだと？

初彦は疑いの目で、銀爺に訊いた。

「何を根拠に、観覧車に爆弾が仕掛けられてると……」

「足りない頭でようく考えてみな」

「わかりません」

「諦《あきら》めるのが早過ぎんだろ！　この早漏脳味噌が！」

ここは我慢しよう。普通なら、ぶっ飛ばしてるとこだが、相手は大先輩だ。それに、お年寄りは大切にしなければいけない。

「コナンや金田一少年でも、事件を解決する時ゃあ、ウンウン悩んでんだろ。名探偵でもねえおめえが、知恵を振り絞らねえでどうすんだ？　あん？」

「すんません」

「ほれ。ジューサーでグレープフルーツを絞るみたいに考えてみな」

初彦は、十秒ほど脳味噌をフル回転させたが、やっぱりすぐに諦めた。

「無理っス。絞り出そうにも、元から何もないっス。頭が悪いからこそ、道を外れてスリというお仕事を選んだわけで」

「バカだと自分で認めるわけか」銀爺が、鼻を鳴らす。

「そういうことになりますね」

チキショー。首を絞めて、死期を早めてやろうか。

「最近の若けえのはしょうがねえな。ファミコンばっかやって育ってきたから、自分で考えることができねえんだ。これじゃあ、ニートが増えるわけだよ」

「あの……今はプレステだと思うんですけど」

「うるせえ！　一丁前に人のあげ足を取ってんじゃねえよ！」

今度は手じゃなしに、杖が飛んできた。初彦の脳天を直撃する。

「痛ってえ！　凶器攻撃は反則でしょ！　頭が割れたらどうすんスか！」

「黙って俺の推理を聞きやがれ」

「よろしくお願いします！」初彦は、頭を押さえ、叫んだ。

「いいか？　消防車や警察よりも早く、マスコミが来ること自体おかしくねえか」銀爺が、名探偵気取りで口髭を撫《な》でた。「さっきの車の爆発は、偶然じゃねえんだよ」

「偶然じゃないんやったら、何なんスか？」

「デモンストレーションだ」銀爺が何度も何度も、口髭を撫でる。どうやら考える時の癖らしい。「『車と同じ爆弾が、観覧車に仕掛けてある。爆破されたくなければ、身代金を払え』犯人の要求は、大体こんなとこだろ」

「人質は……この観覧車に乗っている人間全員……ってことですか……」

銀爺が、頷いた。

「だから、さっき、とんでもねえことに巻き込まれちまったなって言ったんだよ」

「ちょっ、ちょっと！　アウトローの俺が、人質なんてシャレになってないスよ。そういうのって、一般人の役目でしょ！」

「ジタバタしてもしょうがねえ。俺たちゃ、こんな高いとこに閉じ込められてるんだからよ」

どれくらいの高さだ？

初彦は、遥か先の地面を見て、気が遠くなりそうになった。楽々、百メートルはある。観覧車のどこに、爆弾が仕掛けられているかはわからないが、爆発したらどうなる？　当然、観覧車はバラバラになるよな……。て、ことは、この高さから、乗っているキャビンごと落ちて、地面に叩きつけられる……。

ゾッとする想像を振り払うように、初彦は頭を激しく振った。

複数のパトカーのサイレンが近づいてきた。二、三台の音じゃない。

「ほうら、今頃になっておまわりがやってきたぞ〜」

軽く十台以上は向かってきてるぞ……。

続いて、消防車と救急車のサイレンもやってくる。

初彦は、ようやく、ことの重大さがわかってきた。一年半の実刑を喰らった時から、警察のことは死ぬほど憎んでいる。だが、今日だけは別だ。

頼むから、一刻も早く犯人を捕まえてくれ！

「は、犯人は、どこにいるんスか！」初彦が、すがるように、銀爺に訊いた。

「俺に訊かれても知らねえよ」

「推理してくださいよ！　口髭、撫でてくださいよ！」

「口髭？　わけがわかんないこと言ってんじゃねえよ」

「いいから、撫でてください！」

初彦が、銀爺の手を取り、むりやり口髭を触らせる。

「おめえは、一体、何がしてえんだ？」

「推理をお願いします！」

銀爺は、初彦の迫力に押され、口髭を撫でた。

「……どこか、この観覧車が見える場所で、高みの見物でもしてんじゃねえか」

「それ、予想じゃないっスか！」

「うるせえよ！」

到着したパトカー全台が、駐車場ではなく観覧車に向かって停まった。しかも、十分な距離を取って。どうやら、観覧車に爆弾が仕掛けられているという銀爺の推理は、当たっているようだ。

「ほらな。言ったとおりだろ」

銀爺が、満足げに笑った。まるで、この騒ぎを楽しんでいるかのようだ。

初彦の頭に、新たな疑問が浮かぶ。

「身代金は誰が払うんスかね？　俺たちの命は、そいつにかかってるってことになりますよね？　ちゃんと払ってくれますかね？」

「ビビんじゃねえよ。どこのどいつかわかんねえけど、これだけのニュースになったら、そいつはもう逃げられねえな。金を払わなかったら、観覧車の乗客が全員死んじまうんだ。いくら何でも見殺しにするってことはないだろ？」銀爺が、さらに楽しそうに笑う。

「笑いごとじゃないスよ」

「悪い、悪い。ピンチになるほど、ほっぺたがにやけてくる性分でな」

どんな性格だよ、このジジイ。

「人質は何人ぐらいいるんですかね？」

「ざっと百人はいるんじゃねえか」

「そんなに？」

銀爺が観覧車のパンフレットを出した。

「キャビンの数が六十台って書いてあるぞ。二人ずつでも百二十だ。百じゃ全然、足らねえや」

六十台……。そんなにあるのか。家族連れもいたし、下手《へた》すれば、百五十人はいるのではないか。

観覧車ジャック。休日を楽しんでいた観光客たちが、悪夢のどん底に突き落とされた。スリが言うのも何だが、犯人の奴は、なんて極悪人なんだ。

「こんなとこで死にたくないスよ……」

初彦は、実家の母親の顔を思い浮かべて目頭が熱くなってきた。

母親は乳ガンを患い、去年の暮れから入院している。スリ師を辞めようかと考えているのも、母親のことを想ってだ。

観覧車で爆死。これ以上、親不孝な死に方があるだろうか。

「何だ。心残りでもあるのかい？」

落ち込む初彦を見て、銀爺が声をかけてきた。

「あるに決まってるじゃないっスか！　銀次さんの技もまだ見せてもらってないスよ！」

「おいおい。見てなかったのかよ。スリの分際でボーッとしてんじゃねえよ」

銀爺が、スーツのズボンのポケットをまさぐった。

「ほれ」銀爺の手に、細長い小さな箱があった。薄いピンクの紙でラッピングされている。

「何ですか？　それ……」

「何だろうな？　今、開けてみるわ」

銀爺が、ガサガサと紙を外し、中の箱を開ける。

シルバーのネックレスが入っていた。先に、パチンコ玉ほどの宝石がぶら下がっている。

「お、ダイヤモンドだな。どうやらプレゼントみたいだぜ、こりゃ」銀爺が、指でダイヤモンドを弾《はじ》いた。

「ス、スッたんですか……」

「嫁もいねえのに、こんな物買ってもしょうがねえだろ」

初彦は、アゴが外れそうになった。

「い、い、いつの間に……」

目には自信がある。スリにとって、目は指先よりも大事なものだ。カモの呼吸、表情、ポケットのふくらみを瞬時に見抜かなければいけない。

「観覧車の下で並んでる時だよ。一つ前の列に、家族連れがいただろ？　その、旦那《だんな》のチノパンの左から、抜いてやったんだ」

左ポケット。スリの中でも、一番むずかしいとされる場所だ。

家族連れのことは覚えている。アタッシュケースを持ったヤンキーとサーファー風の女の前に並んでいた。

いつスッたのか、全く見えなかった。というより、銀爺がいつ家族に近づいたかさえもわからなかった。

「これは、なかなかいい石じゃねえか。叩き売っても、十万はするぜ」

戦利品を手に〝仕立屋銀次〟は、ほくそ笑んだ。

4　観覧車17号　パパはヒーローではない

ア、アルカイダ？
賢治は、観覧車の中で、人生最高の恐怖を味わっていた。

先程の爆発音で、小便をほんの少し洩らしてしまった。だが、そんなことはどうでもいい。高所恐怖症とテロのWパンチだ。失神しなかっただけでも、まだマシだ。

私は、こんな高い所で死んでしまうのか……。

小学校の遠足で、ジャコ弁をからかわれて泣いたなぁ。中学校のソフトボール大会で、三打席連続三振したよなぁ。高校の修学旅行は、盲腸で行けなかったなぁ。

おい！　走馬灯を見るのは、まだ早いだろ！　そもそも、大阪の天保山にアルカイダは来ないだろ！

賢治は、息を整え、勇気を振り絞って窓の外に目をやった。

高い……。高過ぎる……。地面に吸い込まれそうだ。目眩がして、思わず倒れそうになる。

信じられない光景だ。人の輪が遠巻きに駐車場を囲み、携帯電話カメラをかまえている。

「すげえ！」

豪太が、ワンセグ携帯の画面を見て、黄色い声を上げた。

その声に驚き、また少し小便を洩らしてしまった。

「パパ！　この観覧車がテレビに映ってるよ！」

「マジ？　ありえないでしょ」

「ママにも見せて！」

優歌と朝子が、豪太から携帯を奪う。

「本当だ……パパ、何だか大変なことになってるみたい」

朝子が、賢治に携帯の画面を見せてきた。

賢治たち家族が乗った、天保山ハーバービレッジの大観覧車が映っている。下から捉《とら》えたアングルのせいで、観覧車が恐ろしく高く見える。まるで、神も恐れぬ巨人のようだ。

ピース！　ピース！　と、豪太が、両手でピースサインを作り、外に向かってブンブンと振り回した。

「豪太のバカ。ピースは平和って意味だよ。この状況は、ちっとも平和じゃないから」優歌が弟をたしなめる。

「優歌の言うとおりよ。豪太、深呼吸して大人しくしなさい。学校の先生にも落ち着きがないって注意されたでしょ」

朝子が豪太をシートに座らせ、不安げな視線を賢治に投げかけた。

わかっている。父親として、ここは気をしっかりと持たなければならない。

「すげえええ！」豪太が、優歌から携帯を奪い返し、叫んだ。「観覧車に、爆弾が仕掛けられてるんだって！」

豪太の言葉に、家族全員の顔が青くなる。

「誰が言っているのよ、そんなこと！　嘘だったらモンゴリアンチョップするわよ！」

朝子が、両手を大きく広げ、手刀を作った。この手刀で相手の首を挟み撃ちすれば、モンゴリアンチョップとなる。技の解説をしている場合ではない。

朝子は、普段はおっとりしているが、子供のしつけに関しては容赦ない。豪太が悪さをするたびに、水平チョップや、地獄突きや、脳天幹竹割《からたけわ》りをするのだ（なぜか、チョップが多い）。

「朝子、ダメだ！　この狭い場所で、豪太に泣きわめかれたら、どうなる？」

ただでさえ、やかましい豪太だ。一旦、泣き出すと、空襲警報中に、ヘビメタを歌うような破壊的な騒ぎになる。

「ママ、豪太の言ってることは真実よ。ニュースのテロップに出てるわ。アナウンサーも深刻な顔を作ってる」優歌が、携帯電話の画面を朝子に見せた。

「ほらね！」豪太が、どうだと言わんばかりに、頬を膨《ふく》らませて腕組みをした。

「嘘よ。爆弾なんて嘘に決まってるわ。きっと、シャブでイカレた野郎のイタズラよ。ねえ？　パパ？　そうよね」

妻よ。いくらパニックで取り乱しているとはいえ、子供の前で言っていいことと悪いことがあるだろう。

「シャブって何？　シャブシャブのこと？」

豪太が朝子のカットソーの裾《すそ》を引っ張る。

「豪太。お願いだから、母さんをイラつかせないで。いくら小学二年生でも、今、家族がピンチってことぐらいわかるでしょ？　このままじゃ、将来、空気の読める人間になれないわよ」

「ママ、落ち着きなさい。大きく息を吸い込むんだ」

「パパ……優歌たち、どうなるの？　死ぬの？　遺書書いた方がいい？」優歌が泣きそうな声で言った。

「死なない。パパが死なせるもんか」

死んでたまるか！　優歌のウエディングドレス姿を拝むまでは死ぬわけにはいかない。ちょっと待て。て、ことは私が優歌の結婚を許すってことか？　『お父さん、優歌さんをボクにください』を許してしまうのか？　娘よ、一体、どんな男を連れてくるんだ？　何だか、ムカムカしてきた。

「パパ！　パパ！　しっかりして！　ボーッとしてる場合じゃないわよ！」

朝子が、賢治の顔の前で手を振った。

賢治が、はっと我に返り首を振る。

他の乗客はどうしているのだろう。

賢治は、後ろのキャビンに目をやった。

後ろに並んでいたカップルだ。金髪のチンピラと小麦色の肌をした健康的な女だった。チンピラが、不似合いなアタッシュケースを持っていたので、よく覚えている。

どうやらモメているようだ。女が立ち上がって、怒鳴り散らしているように見える。あっちはあっちで大変そうだ。

こういう危機的な状況ほど、本性が出るものなのだ。たぶん、あの様子だと、観覧車を降りたら別れてしまうだろう。

他人を心配している場合ではない。目の前の現実に向き合うんだ。

妻と子供たちが、怯《おび》えた目で助けを求めている。

朝子が、優歌と豪太を両手で抱きしめた。

「大丈夫。パパが助けてくれるから。パパは、私たちのヒーローなんだから」

ヒーロー……。私は、ヒーローになれるのだろうか。

ブルース・ウィリスにはとてもなれそうにない。なれるとすれば……普通のオジサンなのにアクションをこなす、ハリソン・フォード？　でも、ハリソンは《エアフォース・ワン》で、大統領をやっている。全然、普通じゃない。こっちは、製麺会社の営業課長だぞ。賢治という名前も、文学好きの父に付けられたんだぞ。注文の多いラーメン店から、『麺のコシをもっと強く』だの『もう一ミリ細く』だの、ストレスで胃潰瘍《いかいよう》になったんだぞ！　ダメだ。あまりにもアクションとは縁遠い。

「パパ！」

目の奥に火花が散った。朝子にビンタされたのだ。

「男でしょ！　何とかして！」

「何とかしたいのはやまやまなんだけど……。実は……パパは高所恐怖症なんだよ」

「何よ、それ？　今、そんなこと関係ないでしょ。爆弾が仕掛けられてるのよ」

朝子が、呆《あき》れ果てた目で賢治を見た。

「大いに関係あるじゃないか。さっきから、フワフワして吐きそうなのをガマンしてるんだよ」

「パパ、高い所が怖いの？」優歌が、朝子そっくりの呆れた目をして言った。

「何で？　ねえ、何で？　何で怖いの？　ボク、平気！　ジャングルジムの上で両手を離せるよ！」豪太もすかさず突っ込んでくる。

そして、賢治の股間《こかん》の染みに気がついた。「あーっ！　パパ！　オシッコ洩らしてる！」

「えええええっ！」

朝子と優歌が、驚愕《きょうがく》の表情で賢治の股間を直視した。

「サイテー……」

優歌がプイッと顔を背《そむ》けた。完全に父親の威厳を失ってしまった。

「優歌、これは違うんだ！　誰にでも起こりうる生理現象なんだよ！」

「パパ、オシッコはもういいから。爆弾のことを考えましょう」朝子が賢治をなだめるように言った。

「良くないだろ！　ちゃんと子供たちに説明させてくれ！」

「高い所が怖いなら、何で観覧車なんかに乗るのよ」

「だって……ママが乗りたいって、言ったから」

「私のせいにしないでよ。観覧車が止まったのも、爆弾も私のせいなの？」

「そんなことは誰も言ってないだろ！」賢治が思わず大声を出してしまった。

「パパ！　ママをいじめるな！」豪太が健気《けなげ》に朝子をかばう。

キャビン内に、これ以上ないほど気まずい空気が流れた。

サイテー、と優歌が、今度は賢治を睨《にら》みつけた。

娘の言うとおりだ。私は、史上最悪の父親だ。妻の誕生日プレゼントを紛失し、高所に怯え、爆発に小便を洩らした。どんな言い訳ができよう。

賢治は立ち上がった。立ち上がる必要はなかったけど、スックと立ち上がった。

この家族は、私が守る。

賢治は、ズボンのポケットから、携帯電話を取り出した。

「どこにかけるつもり？」朝子が、冷ややかな視線を投げかけてきた。

「それは……」賢治は、返答に詰まってしまった。

会社は休みだ。そもそも、会社に電話してどうする？　単なる二流の製麺会社だ。その営業の私に何ができる？

誰に電話する？　こういう事態に冷静に対応できる人間……。

賢治は、頭をフル回転させ、知り合いの名前をかたっぱしから思い出そうとした。

一人いた。部下の滝沢だ。

あいつ、確か武器に詳しかったはずだ。忘年会の時、『ボク、武器マニアなんですよね』

と言ってなかったっけ。うん、言っていた。女子社員がひいていたのを覚えている。

賢治は、携帯のアドレスから《滝沢》を探し、電話をかけた。

「誰にかけてるの？」朝子が眉《まゆ》をひそめる。

「こういう時に、頼りになる男だ」

四回目のコールで、滝沢につながった。

『はい、滝沢です。牛島課長、どうしたんですか？』

慌てる滝沢の声が聞こえてきた。休日に、上司から電話がかかってきたので驚いているのだろう。

「休んでいるところすまない。今、電話大丈夫か？」

『は、はい。何でしょうか？』滝沢が、警戒した声で答える。

「君、武器に詳しかったよな？」

『えっ？　まあ、一応……ある程度は』

「爆弾には詳しいか？」

『いや、そっちの方は全然ダメです』

「何？　君、武器マニアなんだろ？」

『武器は武器でも、ボクが好きなのは〝トンファー〟とか〝暗器〟とかなんですけど……』

「〝アンキ〟って何だ？」

『昔の中国の武器です。手の中に隠して、敵のスキをついて攻撃する暗殺にはもってこいの――』

「ありがとう」

賢治は一方的に電話を切った。

「どうなの？　頼りになった？」

朝子が氷の微笑を浮かべた。優歌と豪太も、どこか小馬鹿にしたような顔だ。

唐突に、朝子の携帯電話が鳴った。

「誰よ、こんな時に」朝子が携帯の画面を見る。

非通知だった。

「怖い、パパが出て」

賢治は、朝子から携帯を受け取り、受話ボタンを押した。

「もしもし？」

『…………』

無言電話？　こんな非常事態にイタズラか？

「もしもし？　どちらさんですか！」賢治は、強い口調で訊いた。

『どうも、はじめまして』

男か女か判別できない。ドラマでよく見る、機械で声を変える誘拐犯みたいだ。

……誘拐犯？

『ニュース、見てますよ。家族の団欒《だんらん》を邪魔してすいませんね』

受話器越しに、強烈な悪意が伝わってくる。

賢治の鼓動が速まる。

「だ、誰なんだ」

『爆弾魔です』

賢治は、卒倒しそうになった。妻と子供たちがいなかったら、とうの昔に気を失っているだろう。

「き、君、こんな時に、悪い冗談はやめたまえ」声がうわずってコントロールできない。自分の声じゃないみたいだ。

『一家の大黒柱なんだからしっかりしてくださいよ』犯人が、笑いながら言った。

どう対応すればいいのだ？　こんなシーン、ドラマや映画でしか見たことないぞ！

賢治は、過去に見た誘拐映画を思い出そうとした。きっと、犯人と交渉するマニュアルがあるはずだ。

……なんてことだ。クレヨンしんちゃんとピカチュウしか出てこない。よくよく考えたら、この十年、子供たちとしか映画を見てないぞ。

「どうしたの？　大丈夫？」朝子が、手をそっと握ってきた。賢治の様子を見て、只事《ただごと》ではないと感じとったのだろう。

『駐車場の爆発をご覧になりました？』

「あ、あ、ああ、ああ」声が震え過ぎて、うまく返事ができない。

『観覧車の爆弾も、もちろん本物なので』犯人が、わざとらしく話を止めて、タメを作った。

「ので？」賢治の声がソプラノに裏返る。

『気をつけてくださいね』

賢治の全身の血が怒りで逆流した。こういう場合、常識としては犯人を刺激してはいけない。わかってはいるが、ガツンと言ってやらないと気が済まなかった。

「人を馬鹿にするのもいい加減にしろ！　何が目的か知らないが、こんなことして何になるんだ？」

『目的ですか？　もちろん、お金ですよ』

「いくらだ？　いくら払えばいい？」

『いくらまでなら払えます？』

えっ……。そんなこと急に訊かれても困る。

賢治は、頭の中で、預金通帳を見た。

「二百万までなら……何とか」

『牛島さん。これは、遊びじゃないんですよ』

「わかってます。わかってますけど、家のローンや、子供の教育費で……」

『そんなもの、死んじゃったら意味ないでしょうが！』犯人に怒られた。

「すいません、すいません」

『いくら払えるか、奥さんと相談してください。こちらからまたかけます』

「あの、ちょっと――」

一方的に切られた。

これは、悪い夢か……。

賢治の頭に一つの疑問が浮かぶ。

――犯人は、なぜ、朝子の携帯番号を知っているんだ？　しかも〝牛島さん〟と言った。

賢治は、怯える朝子を見た。優歌と豪太を抱えて、泣きそうな顔で、こっちを見つめている。

犯人は、朝子の知り合いなのか？

5　観覧車20号　別れさせ屋

ふう。疲れた。

川上美鈴は、携帯電話を折りたたみ、ハンドバッグからマルボロのライト・メンソールを取り出し、火を点けた。

まずは、一服。

うまくいけば、五百万まで、引っ張れるかも。

美鈴は、マルボロの煙をたっぷりと肺に入れ、大きく吐き出す。仕事がうまくいってると、タバコも美味《うま》い。

やっぱり、天職だわ。この仕事。

美鈴は、牛島賢治のうろたえぶりを思い出し、一人で爆笑した。

『あ、あ、ああ、ああ』だって。発情期のオットセイじゃないんだから。それにしても、二百万って……。よっぽど安月給なのね。

我ながらナイス・アイデアだ。このタイミングで、この電話は、誰だって仰天するだろう。

美鈴の携帯電話には、ボイス・チェンジャーが取り付けられている。仕事の必需品だ。

賢治は、話している相手が、男なのか女なのかもわからなかったはずだ。ましてや、三つ後ろの観覧車からかかってきたとは夢にも思わないだろう。

今回のターゲット、牛島夫妻は簡単に別れさせることができそうだ。

別れさせ屋。それが、美鈴の仕事だ。

きっかけは、七年間も付き合った婚約者に振られたことだった。

ありえなかった。二十歳から二十七歳までの一番旬《しゅん》な時期だったのに。あの男は、アタシを捨てた上に、知り合ったばかりの会社受付の女と、わずか、二カ月の交際期間で結婚したのだ。

自殺も考えた。アイツらの、新居のマンションの屋上にある貯水タンクで入水《じゅすい》自殺をしようとしたが、気づかれなかったらアホらしいのでやめた。

自殺よりも復讐《ふくしゅう》だろう。地獄を見せてやる。美鈴は、レンタルビデオ屋でAVを借りまくり、どことなく受付の女に似ているAV女優を見つけ出した。そして、そのビデオをコピーし、アイツらの新居と男の実家に宅配便で送った。もちろん、匿名で。

結果、半月後に二人は別れた。ざまあみろ。

この時、これは商売になるんじゃないかと閃《ひらめ》いたのだ。

試しに、《別れさせ屋》のホームページを作ってみると、依頼のメッセージが、来るわ来るわで驚いた。中には、《私を裏切ったアイツを殺して》という、物騒なものまであった。当然、断ったが。

たった一年で、五十組以上のカップルを別れさせてきた。極悪非道だとは自分でもわかっている。だが、女が独りで生きていくためには、金が必要なのだ。

もう男は信じない。

《牛島夫妻を別れさせて欲しい》

三日前、中西という男が依頼してきた。四十過ぎのサモハン・キンポーのように太った独身男だ。牛島朝子が働く、ローソンの店長である。一方的に、朝子に惚れているのだ。夫と別れさえすれば、自分のものになるとでも思っているのだろうか？

そして、美鈴は別れさせるネタはないものかと、牛島家を尾行していたのだ。わざわざ、牛島家と同じ新幹線に乗って。まさか、自分たちを別れさせるために別れさせ屋が隣の車両に乗っていたとは、夢にも思わなかっただろう。もちろん、経費は中西持ちだ。

一つ問題だったのは、中西がついてきたことだ。こんなやりにくい尾行は初めてだった。邪魔になるから、やめてくれと何回頼んでも、『別れる瞬間が見たい。料金は倍払うから』と言って聞かなかった。

倍ならしょうがないよね。横の席に座っていた中西は、かなり気持ち悪かったけど。息が荒いし、汗くさい。水色のシャツを白い綿のパンツにインしているし。なぜか、荷物が《ナイキ》のボストンバッグだ。目立ってしょうがなかった。

さすがに観覧車には、一人で乗ることにした。中西は、天保山マーケットプレースのレストランで待機している。

観覧車に乗り込む時、係員に好奇の目で見られた。一人で乗る美鈴を淋《さび》しい女と思ったのだろう。しかも、美鈴はリクルートスーツだ。仕事の時、美鈴はスーツを着ると決めていた。人を不幸のどん底に陥れる悪のビジネスだ。せめて、服装だけはキチンとしておきたい。マジメOL風の伊達《だて》メガネもかけている。

そして、美鈴の乗ったキャビンが、頂上の手前まで来た時、観覧車が急にストップし、閉じ込められてしまったというわけだ。

本当に、この観覧車に爆弾が仕掛けられてるのかしら。

美鈴は、もう一度、ワンセグ携帯をチェックした。どのチャンネルも、緊急でニュース番組に切り替わっている。

《観覧車に爆弾か？》

《犯人からの要求はなし》

《テロリストの犯行か？》

やっぱり、どの番組も曖昧《あいまい》で、はっきりしない。

さっき、このニュースを見て、悪知恵を思いついたのだ。

さすがの美鈴も、観覧車がストップし、駐車場の車が爆発したのには焦った。何事かと携帯でニュースを見ると、今、自分が乗っている観覧車に爆弾が仕掛けられているというではないか。

イタズラよね……。うん。そうに決まってる。一人ぼっちで心細かったので、むりやり自分を納得させた。

ちょっと、待って。これ、チャンスじゃない？

閃いた。牛島朝子の携帯番号は、中西に教えられて知っている。

犯人になりすまして、電話をすれば、がっぽり身代金を獲れるじゃない！

別れさせ屋の契約として、ターゲットのカップルが別れなかった場合、報酬は手数料分の二割しかもらえない。だが、ここで、牛島家から金を絞りとれたら、棚からボタ餅の大金が入る。

牛島賢治の会社の同僚か誰かに、銀行から牛島家の貯金を引き出させ、美鈴の口座に振込せればいいのよ。

ま、言ってみれば、爆弾騒ぎに便乗した振り込め詐欺《さぎ》ね。

アタシってば鬼畜！

自分の臨機応変な作戦に、高笑いしたい気分だった。

……でも、どこかに、本物の爆弾魔がいるかも。

冗談じゃないわよ！　こんなとこで犬死になんかできないわよ！　一人きりの死体が見つかったら、孤独な女と思われるじゃない！　部屋には、《セックス・アンド・ザ・シティ》が全巻揃ってるし！　ますます、孤独だと思われるってば！

美鈴は、マルボロを床に投げ捨て、パンプスの踵《かかと》で踏み消した。

大丈夫。アタシは死なない。死んでなるものか。この観覧車の乗客全員が死んでも、アタシだけが助かる。生き残ってやる。その前に、獲れるもん、獲っとけ！

美鈴は、シートに置いていた携帯を取り、朝子の番号にかけた。

『も、もしもし？』

案の定、夫の賢治が出た。

すぐには答えない。不安感を煽《あお》ってやるのだ。

『もしもし？　もしもし？』

「払える金額を決めていただけました？」美鈴が、余裕たっぷりで言った。完全に主導権はこっちだ。

『な、七百万円で勘弁してください。これが精一杯です』

キャア！　予想よりも二百万も多いわ♡

「ありがとうございます。お金が振り込まれ次第、爆弾を解除します」美鈴は、声を弾ませた。

『えっ？　振り込むんですか？』

そうだよ！　振り込むんだよ！　グズグズすんな！

でも、交渉は冷静に。クールに身代金をいただくのだ。

「会社の同僚でも誰でもいいので、銀行からお金を引き出してもらってください。預金通帳と判子があればいけるでしょう？　そのお金をこちらの指示する口座に──」

ここまで喋《しゃべ》って、美鈴はハッと気がついた。口座の名義は思いっきり、《カワカミ　ミスズ》だ。

アタシはアホか。バレバレじゃない！　そんなことしたら、アタシが犯人にされてしまうではないか！

しまった。架空口座を用意しておくべきだった。もともと危ない裏の仕事してんだから、持っていてもおかしくないのに。あー、バカバカ。せっかくの七百万円を取り損ねるじゃない。

『あ、あの……どの口座に？　それに、今日は休日ですけど……』賢治が、訊いてきた。

「口座はやめます」

『えっ？』

仕方ない。作戦変更だ。

「とりあえず、現金で七百万円用意してください。身代金を運ぶ人もです。猶予は三十分です」

『三十分!?　そんな無茶な！　私たち閉じ込められているですよ！』

「知り合いにでも借りればいいじゃないですか」美鈴は、冷たく言った。

『私たち東京人なんです！　大阪にそんな大金を貸してくれる人なんていません！』

「三十分後にこちらから電話します。用意できない場合は、観覧車が粉々になりますよ」

美鈴は一方的に電話を切り、舌打ちをした。

クソッ。あと一歩だったのに。

でも、どうやって金を受け取る？　アタシも、観覧車に閉じ込められているのだ。

……練り直しね。

美鈴は、マルボロを口にくわえ、火を点けた。

6　観覧車18号　身代金

「六億円」大二郎が、自分の携帯電話を差し出した。

「は？　六億って何？」

「身代金やけど……ちょっと高いかな？」大二郎は、お小遣いをせがむ子供のように、上目遣いでニーナを見た。

「高過ぎだろ！　六億円も何に使うのよ。クルーザーでも買う気？」

「ええかもな。松方弘樹と梅宮辰夫ばりに、カジキマグロでも釣りに行こかな」大二郎が鼻にシワを寄せて笑う。

何て緊張感のない笑顔だ。逆にそれが怖い。何のためらいもなく爆弾のスイッチを押されそうだ。

「誰が、そんなバカみたいな額を払ってくれるのよ」

「ニーナちゃんのお父さん」

ニーナのこめかみに鋭い痛みが走った。

「ニーナちゃんのお父さん、〝仁科クリニック〟の院長やろ」

「な、何で知ってるのよ」

知っているわけがない。大阪に来て、親のことは誰にも話してないのだ。

「名前は仁科真」大二郎が囁《ささや》くように言った。

息が止まった。うまく、呼吸ができない。大二郎は知っている。わたしが、この世で一番憎んでいる男の名前を。

「ニーナちゃんのお父さんなら、払える額やんな？　美容整形外科って、めっちゃ、儲《もう》かるんやろ？」

「親の稼ぎなんて知らないわよ。それに、身代金が用意できたしても、どうやって受け取るつもり？　誰もこんな空高くまで届けに来ないわよ」

「方法はある」

「やめてよ。まさか、ヘリで運ばすとか言わないでよね。開かないわよ、コレ」

ニーナは、観覧車のドアを叩いた。

不可能だ。身代金を受け取るためには、観覧車を動かすしかない。イコール、大二郎が警察に捕まることになる。

「だいぶ、ヤジ馬が集まってきたな〜。おっ！　テレビや！」大二郎が、話を逸《そ》らす。

不可能だ。この観覧車で身代金を受け取れるわけがない。きっと他の場所で、仲間が受け取るに決まっている。

「共犯者は何人いるの？」ニーナは、強引に話を戻した。

「さて、何人でしょうか？」大二郎が、とぼけてみせる。

「何人でもいいわよ。リーダーはどいつよ」ニーナは、大二郎に携帯電話を突き返した。

「電話してよ。話がしたいの」

「リーダーは、俺やねんけど」大二郎が、照れくさそうに自分の顔を指す。

「ふざけないで」

「俺が主犯やって。リーダーが自ら最前線に飛び出してんねん。カッコイイやろ？」

「マジなの？」

「ニーナちゃんに嘘はつかへんよ」

「こんなとこに閉じ込めておいて、よく言うわよ」

「約束する。ニーナちゃんに、絶対に嘘はつかへんから」大二郎が小指を立てた。「指切りしよう」

「嘘ついたら？」

「爆弾を解除して、この観覧車を降りる」

ニーナは、小指を大二郎の指に絡めた。大二郎が嬉しそうに微笑む。

何だ、この画《え》ヅラは？　爆弾犯と人質が指切りって……。緊張感ゼロだ。

とりあえずは、大二郎の言葉を信じることにする。そして、こんなバカなマネはすぐにやめるよう説得するのだ。それしか、この窮地から逃れる方法はない。

人質全員の命が、わたしにかかっている。

何人の人間が閉じ込められているのだろう。観光客たちは、パニックになっているはずだ。病気やケガをしている人はいないだろうか。

ニーナは、前のキャビンを確認した。家族連れだ。父親らしき男が、真っ青な顔で携帯電話をかけている。警察にでも助けを求めているのだろうか。

素早く、後ろのキャビンも見る。お爺さんの姿が見える。確か、男同士だった。身なりのいい老紳士と、三十歳前後の革ジャンの男。顔がデコボコだったのを覚えている。

ん？　何してんの？

老紳士が、なぜか、ネックレスを見ながらニヤニヤしている。

この緊急事態に気づいていないの？　ゲイの年の差カップル？

とにかく、この状況を何とかしないと。犯人は、目の前にいるのだ。

胃が痛い。あまりのプレッシャーに、胃酸が出まくっている。

「それ」ニーナは、大二郎の膝の上にあるアタッシュケースを指した。「アンタが作ったの？」

大二郎が首を横に振る。「作ってもらった」

「誰によ？」

「友達」

「はっ？　何の友達よ？　過激派の友達でもいるわけ？」

「過激派よりも過激な友達」大二郎が、自分の言葉に笑う。

何が面白いのよ！　あー、ムカつく。このニヤついた男の横っ面を思いっきりビンタしたい。

「最初から、わたしに近づくのが目的で、門田組に入ったのね」

「うん」大二郎が、素直に頷いた。

こんな大仕掛けの誘拐事件だ。時間をかけた計画的な犯行に間違いない。なのに、コイツはなぜ、こんなリスキーなマネをするのだろうか？

唐突に、観覧車のスピーカーが鳴った。

『乗客の皆様にお知らせします。只今、機械の不調により、安全確保のため一旦観覧車をストップさせていただいております。安全が確認され次第再始動させますので、どうかこのままお待ちください』

逆効果だ。係員らしき男の声は冷静を装ってはいたが。これだけ警察やマスコミに囲まれていて〝機械の不調〟はないだろう。

「さすがに、爆弾が仕掛けられてるとは言わへんか」大二郎が、アタッシュケースを指で弾いた。

ニーナの額の血管がブチ切れた。

「何で観覧車なのよ！　わたしだけを誘拐すればいいじゃない！　こんなに大勢の人を巻き込む必要ないでしょ！」

「観覧車じゃなきゃアカンねん」

「どういう意味よ？」

「今は、まだ言われへん」

目立ちたいの？　わざわざ、リスクを背負ってまで？　何のために？

答えは、一つしか浮かばない。

「わたしの父親を破滅させたいのね」

大二郎は、真顔のまま、肯定も否定もしない。

ニーナはかまわずに続けた。

「全国的に注目される事件にしたいんでしょ？　娘とたくさんの観光客の命がかかってい

れば、わたしの父親も逃げるわけにはいかない。どうりで、マスコミが来るのが早いはずよ」

「半分正解」

「半分って何よ」

「観覧車じゃなきゃアカン理由は、他にもあるねん」

「教えてよ」

「どんな時も、ロマンチックに生きろ」大二郎が、独り言のように呟《つぶや》いた。

「えっ？　急に何を言い出すのよ？」

「赤松家の家訓」

ますます意味がわからない。

「さあ、舞台は整ったで。あとは、ニーナちゃんがお父さんと話してくれればクライマックスに突入や」

大二郎が、携帯電話を操作し、ニーナに渡した。画面の中で〝仁科真〟の文字が点滅している。

……アイツの番号まで知っているのね。

電話はすぐにつながった。

『もしもし』電話の向こうで、アイツの声がした。十年ぶりに聞く、父親の声だ。

「わたしだけど」自然と声が刺々《とげとげ》しくなってしまう。

『……真理子か？』

「うん」

『警察が来てるぞ』

「千葉の実家に？」

もう来てるの？　いくら何でも早過ぎじゃない？

ニーナは、大二郎を見た。大二郎が微笑む。

「マスコミと同じ。観覧車に乗る前に犯行声明をメールで送ってん」

準備万端ってわけね。

受話器の向こうで、アイツがタメ息をついた。

『オマエが大阪の観覧車で、人質に取られていると言っているが、本当なのか？』

「本当よ」

『そんなとこで、何してるんだ、オマエは？』

まず、それかよ。父親なら他に訊くことあるだろ。

ニーナは、舌打ちを堪《こら》えて言った。「こっちが訊きたいわよ」

『犯人は横にいるのか？』

「いるよ」

『そいつの名前を教えなさい』

「言えるわけないでしょ。爆弾のスイッチを押されてもいいの？」

『爆弾は、どこにあるんだ？』

「わたしの目の前よ！」

『……その爆弾は本物なのか？』

「みたいね」

『オマエは、無事なのか？』

遅いわよ！　普通は一番最初に訊くだろ！

「トイレだけが心配。早く身代金払ってくれれば助かるんだけど」

こんな言い方しかできないわたしもわたしだけど。

ふと、ママがいつも言っていた言葉を思い出した。

——真理子の方から甘えなくちゃダメよ。パパはそれを待っているんだから。

『犯人は、身代金をいくら要求してるんだ？』

「六億円だって」

『何だと……』低い呻き声が聞こえた。電話越しに、ものすごい怒りが伝わってくる。『そんな大金、払えるわけないだろ！　いくら何でも限度ってものがある！』

「払えないってさ」ニーナは、送話口を押さえ、大二郎に言った。

「二時間だけ待ちます、って伝えて」大二郎が、余裕綽々《よゆうしゃくしゃく》で返した。

「タイムリミットは二時間だって」

『無理だ』

「払って。人質はわたし一人じゃないんだから」ニーナは、なるべく感情を込めず父親に言った。そうしないと怒鳴ってしまう。口が腐りそうだ。自分の体の中に、アイツの血が入っていると思うだけで吐きそうになる。

十年前――。仁科クリニックで一人の患者が死んだ。麻酔のミスだった。患者の名前は《坂本仁美》。彼女の名前は、いつも、ニーナの脳裏にこびりついている。怒り狂った夫が、ヤケになって事件を起こし、そのおかげで、仁科クリニックは裁判に勝ち賠償金を支払わずにすんだ。当時、医学部の学生だったニーナは、事件を新聞で読み、胸が締めつけられる思いがした。裁判の判決が出た日の夜、酒に酔った父親が言った。

――夫が事件を起こしてくれて、ラッキーだったたな。

ゆくゆくは一人娘のニーナが、クリニックを継ぐものだと、誰もが思っていた。本人さえも。だが、父親を許すことができなかった。

　次の日、ニーナは、家を出た。

『わかった。六億円を払おう』父親も、何の感情も込めずに言った。認めたくないが、わたしの性格は父親似なのだ。

「どのくらいかかるの？」

『なんとか、二時間で用意する』

　アリガトウ。その言葉が素直に言えない。

「なるべく早くしてよね」

『ああ。金が用意できたら、この携帯に連絡する。それまで無事でいてくれ』

　ニーナは何も答えず、電話を切った。

　もう二度と、話すことはないと思っていたのに。まさか、こんな形でアイツの声を聞くなんて。

「六億円、二時間で用意するって」

　ニーナは、大二郎を睨みつけながら携帯電話を突き返した。

「ありがとう。これで、ほぼ終わったも同然やから」大二郎が、ホッとした顔で電話を受け取る。

「そう簡単には終わらせないわよ」

勝手に口が動いた。

「えっ?」大二郎がキョトンとする。

わたしは、何を言おうとしてるんだ。今、大二郎を刺激してどうするのよ。大人しく二時間待てば解放されるのに。

ダメだ。胸の奥に点火した炎を抑えることができない。大二郎と、父親の間に何があったか知らないが、そのせいで観覧車に乗っている人たちの幸せな休日は、悪夢に変わってしまったのだ。

「わたしと勝負しなさいよ。こんなやり方、許せない。わたしに負けたら、人質を全員解放して」

あーあ。言っちゃった。一度キレたら止まらない。自分で言うのも何だが、困った性格だ。

「勝負って……何をすんの?」大二郎が、心底驚いた顔で言った。「まさか、ジャンケンとか言わんといてや」

「何でもいいわよ。ジャンケンでも、あっち向いてホイでもね。そのかわり、約束して。わたしが勝ったら、観覧車に閉じ込められている人たちを解放してあげて」

「そんなアホな。ニーナちゃん、無茶言わんといてや」

「勝っても負けても、わたしは残るから。人質はわたし一人で十分でしょ？」

「無理無理！　リーダーが、そんな勝手なことできるわけないやんか！」

「逃げるの？」ニーナは、小馬鹿にした口調で言った。「男でしょ？」

大二郎の眉毛がピクリと動いた。

ノッてきた！　ここは慎重に。魚は釣り針にかかったばかりだ。ゆっくりと引き上げないと逃してしまう。どうする？　ここは相手に勝算を与えないと引いてしまう。不利だけど、大二郎の得意分野で戦うしかない。

「アンタの好きな、手品でどう？」

「ニーナちゃん、手品できんの？」

「できるわけないでしょ」

「じゃあ、勝負にならへんやん」

考えろ！　手品じゃなければ大二郎はノッてこない。

「こんなルールはどう？」ニーナは、苦し紛れに言った。「手品のタネを見破ったらわたしの勝ち。見破れなかったら大二郎の勝ち」

「そんなの俺が勝つに決まってるやん」

「やってみないとわからないじゃない。所詮《しょせん》、素人芸《しろうとげい》でしょ」

大二郎がカチンときたのが、手に取るようにわかった。

「ニーナちゃん。俺を挑発しても無駄やで」

「そもそも、どんな手品ができるのよ？」

「何でもできるよ。ナメてもらったら困るな」

「道具とか、準備がいるんでしょ？　今日は何を持ってきてるの？」

「何でやねん！　爆弾持って、観覧車をジャックしようとする日に、わざわざ手品グッズを持ち歩く奴がどこにおるねん」

「道具がないんだったら、手品で勝負は無理ね」ニーナは、鼻を鳴らした。

大二郎をカリカリさせて、こっちのペースに引き込んでやる。

「何もなくても奇跡を起こすのが真のマジシャンや」大二郎が、指を鳴らした。

「アンタ、いつからマジシャンになったのよ。爆弾魔のクセに」

「まだ、ライトバン一台しか爆発させてへんやん。誰もケガさせてないし」

「立派な犯罪でしょうが。観覧車をジャックするなんて無謀過ぎるけどね」

「俺は絶対、身代金と共にこの観覧車から脱出する」

ニーナは、思わずタメ息を洩らした。「本気で言ってるの？」

「その時は、マジシャンと認めてや」

「だから、いつからマジシャンになったのよ！」

「五百円玉持ってる？」

「はっ？　何に使うの？」

「いいから」

ニーナは、ハンドバッグの中の財布を取り出した。ちょうど一枚だけ五百円玉があった。

あとは、百円玉と十円玉ばっかりだ。

「その五百円玉を、俺の手のひらに置いて」大二郎が右手を広げる。

「何する気よ」

「いいから。置いて」

ニーナは、言われるがまま、大二郎の右手にそろりと五百円玉を置いた。

「よく見といてや」大二郎が、五百円玉を左手の指先でつまみ上げた。

「見てるわよ」

ニーナは、顔を近づけた。五百円玉は目と鼻の先にある。

大二郎が、五百円玉を右の手のひらに戻し、握りしめた。

「この右手に入ってるのは？」

「何言ってんのよ、五百円でしょ」

「そのとおり」大二郎が、ニヤリと笑って右拳を開いた。

百円玉が五枚あった。五百円玉は跡形もなく消えている。

「両替してあげたから」大二郎が左手をヒラヒラさせた。こっちにも五百円玉はない。

どうやったの？　至近距離で見ていたのに、全くわからなかった……。わたしの五百円玉は、どこに消えたの？　どこから、百円玉が五枚も出てきたの？　ええい、ビビるな！

「まだ勝負は始まってないからね」ニーナは、驚きの表情を押し殺した。大二郎を調子づかせるわけにはいかない。

「わかってるよ。これはデモンストレーションや」

これでデモンストレーション？

「勝手に小銭を増やさないでよね」ニーナが、強がって言った。

「ゴメン、ゴメン。じゃあ、財布の中の百円玉を、もう五枚、ここに足して」

ニーナは、財布の中から百円玉を五枚出した。

必ず、またマジックを仕掛けてくる。今度は見逃してなるものか。

ニーナは、百円玉を五枚、恐る恐る大二郎の右手の百円玉に足した。大二郎の手に、計十枚の百円玉が並んでいる。

「よく見といてや」大二郎が右手を握りしめる。

ニーナは、穴が開くほど大二郎の右手を見つめた。

「ハハハ、何かやりにくいわ」と言いつつ、大二郎は軽やかに十枚の百円玉を左手に移した。

いや、移したように見えただけだ！

「ストップ！」ニーナは、大二郎の右拳を摑《つか》んだ。

「うわっ！　そこまでやるか！　いくら何でも、それはマジシャン泣かせやで」

かまうもんか！　タネを暴いてやる！

「右手を開いて見せて」

「かなわんな〜」大二郎がゆっくりと指を開いた。

ここに、百円玉が丸々残ってるはず——。

ない。十枚どころか一枚もない。

「どうして？　わたしのお金はどこいったのよ！」ニーナは、思わず大声を出した。

「ニーナちゃんの千円なら、こっちにあるで」

大二郎が左手を開く。その上に、折りたたんだ千円札があった。

ニーナは、息をするのも忘れていた。

「小銭が嫌って言うから。札に替えてあげてん」

大二郎が勝ち誇った顔で千円札を伸ばし、ニーナの財布に差し込んだ。

7　観覧車19号　大のピンチ

「おめえ、汗の量が尋常じゃねえぞ。どこか具合でも悪いのかい？」

銀爺が、初彦を心配そうに見た。

腹が、猛烈に痛い。腸がねじれて切れそうだ。

「ぎ、銀次さん。だ、大ピンチっス」初彦は、歯を食いしばりながら答えた。

「言われなくてもわかってるよ。観覧車に爆弾が仕掛けられてるんだからよ」

「いや、そっちじゃなくて……」

「ん？　じゃあ、どっちだ？」

「ト、トイレに行きたいんっス」

銀爺が、目を剝《む》いた。「……小便だろな？」

「すいません。大っス」初彦が、下腹を押さえながら謝った。

「俺を殺す気か！　てめえ、こんな狭い場所で洩らしやがったら、承知しねえぞ！　ナチスのガス室じゃねえんだからよ！」

「そう言われましても……こればっかりは」

ひときわ強い痛みが、大腸のカーブを鋭いドリフトでコーナリングした。

「あああ！」初彦は、切ない声で叫んだ。

「やめろ！　戻せ！　腹ン中に戻せ！」銀爺も、両手を広げて叫ぶ。

初彦は、気迫で便意に耐えた。「も……戻しました」

「腹痛は治まったのか？」

「な、なんとか……」

銀爺が、息を吐いて、シートに座り込む。「古いシメサバでも食べたのか？」

「いや……その……体質で……緊張すると下痢になるんです」

痛みが少し弱まった。腹痛には波がある。初彦もゆっくりとシートに腰を下ろした。

過敏性腸症候群。医者からは、そう診断された。スリとして致命的な欠点だ。満員電車で〝仕事〟をした日には、一駅ごと駅のトイレに駆け込むことになる。

「何だ、そりゃ？　正露丸は持ってねえのか？」

「銀次さんに会う前に十二錠飲みました」

「飲み過ぎだろ！　逆に病気になるぞ！」

「それぐらい飲まないと不安で……」

「情けねえな～。スリに向いてねえんじゃねえか？」

「自分でもそう思います。辞めようか、どうか悩んでまして……」

「辞めて何すんだ？　次の仕事のアテはあるのかい？」

「ないっス」

「貯金は？」

「ないっス」

銀爺が、呆れ返って目を押さえる。

「おめえ、年はいくつだ？」

「二十九歳っス。三十までに結果が出ないと、諦めた方がええんかなって思いまして」

「売れない劇団員みてえな泣き言はやめろい！　結果って何だよ？」

「スケールのでっかい仕事がしたいんです」

「スリにスケールもへったくれもねえだろう」

「名前を残したいんです！　銀次さんみたいに、伝説の男になりたいんです！」

銀爺が、かぶりを振る。「よせやい。俺は大それたことは何もしてねえ。食っていくために、他に道が無かっただけだよ」

「カッコエエな～」初彦は、感嘆の声を上げた。

惚れた。男として惚れた。俺も、いつか、こんなセリフを言ってみたい。ネックレスをスッた早業《はやわざ》といい、この男は本物のプロフェッショナルだ。

「まあ強《し》いて言うなら、自分で天井は決めねえことだな」

「……どういう意味っスか？」

「あえて不可能なことに挑戦するんだよ。ここで、一つ問題だ」

「は、はい」

「目の前に、ターゲットが二人いるとする。中年の主婦とヤクザだ。主婦は携帯電話でペチャクチャ喋っている。ヤクザは、ガンを飛ばしてきている。おめえなら、どっちの財布を盗る？」

「財布の位置によります」

「主婦は買い物カゴの中。ヤクザはズボンの後ろポケットだ」

考えるまでもない。

「もちろん、主婦です」初彦は即答した。

「不正解」

「ヤクザですか？」

「違うよ。二人ともから、いただくんだよ」銀爺が、不敵な笑みを浮かべ、ヤニで汚れた黄色い歯を見せる。

「無理っスよ！」

「なぜ、そう決めつける？」

「どうやるんですか？　教えてくださいよ」

「せっかく、ヤクザがケンカを売ってくれてるんだ。喜んで買えばいい。まずは一発殴られろ」

「はぁ？　殴られてどうするんっスか」

「ケンカをおっぱじめるんだよ。殴られた後、反撃のふりをしてタックルだ。ヤクザの腰に手を回し？」銀爺が、小学校の教師のように訊いた。

「後ろポケットの財布を抜く」初彦は、憮然《ぶぜん》としながらも答える。

「タックルされたヤクザはどうする？」

「もう一回殴るでしょうね」

「タックルされてんだぞ」銀爺が、実際に、初彦にタックルをした。

「じゃあ、振りほどくために投げ飛ばします」初彦も、銀爺を投げるふりをする。

銀爺は、大げさな動きで、初彦から体を離した。

「その時、派手に飛び、主婦にぶつかり？」

「買い物カゴから財布を抜く」

銀爺が嬉しそうに頷いた。「どうだい。二人から盗れたじゃねえか」

納得できない。銀爺に、うまく誘導されただけではないか。

「そんなに都合よくいきますかね？」初彦は、肩をすくめた。

「いくんだよ。そう思い込むことが肝心なんだ」銀爺が、断言した。

「根拠のない自信は持てないっスよ」

「根拠だぁ？　今度、俺の前でそんなナヨっちい言葉使ったら、ぶっ飛ばすぞ！　自信なんてのは、勝手に湧き出てくるもんだろうが。いいか？　物事を始める前に、〝できる〟と考える奴と〝できない〟と考える奴の間には、とんでもねえ差があるんだよ。いい女を見たら必ず〝ヤレる〟と思え、そうすりゃ、向こうから勝手に股を開いてくれるぜ」

「こんな、醜男の俺でもですか？」初彦が、自分の顔を指した。

「ああ。この〝仕立屋銀次〟が保証してやる。初彦とか言ったな？」

「はい！」初彦は、ふいに名前を呼ばれて、背筋を伸ばした。「石毛初彦です」

「初彦よ。おめえには、世界中の女とヤレる可能性がある」

目頭が熱くなった。単なる励ましの言葉だとは、わかってはいるけど、素直に感動した。

「銀次さん、俺、スケールのデカい男になれますかね？」

銀爺が、優しく微笑む。「まず、その腹を何とかしなくちゃなんねえな。下痢になってる時点で、スケールが小せえよ」

下痢という言葉に、また初彦の腸が反応した。

「はう！」初彦の目に涙が滲《にじ》む。

「き、来たのか？」

「来ました……ビッグウェーヴです」

爆弾よりも、こっちが先に爆発してしまう。

初彦は、力任せに自分の腕をつねった。痛みで、少しでも便意が遠ざかるよう願いながら。

効果なし。便意はビクともしない。

オカン、助けてくれ！

8　観覧車17号　パパ！　諦めないで！

残り十五分……。十五分で七百万円……。

ダメだ！　用意できるわけがない！

あっという間に十五分が経ってしまった。まだ、誰にも電話していない。そもそも、大阪に知人がいないのだ。

どうすればいいんだ！　いたとしても、七百万もの大金を出してくれるわけがない……。

賢治は髪の毛を掻《か》きむしった。

「パパ！　諦めないで！　私たちがお星さまになってもいいの？」朝子が、励ましてくる。

妻よ。子供たちの前で〝死ぬ〟という言葉を使いたくないのはわかるが、〝お星さま〟はないだろう。

「犯人は誰なんだ？　心当たりはないか？」

「私のまわりで、そんな凶悪な人いないわよ」朝子が首を振る。

「じゃあ、何で、ママの携帯番号を知ってるんだ？　知り合いの犯行に違いないよ！」

「それよりも身代金を用意しなくちゃ！」

「何とかしたいのはやまやまなんだけど……無理だよ」

「パパ、無理をしないで。潔く死を受け入れようよ」優歌が、なだめてきた。

娘よ、それは十歳の子供のセリフじゃないだろう。

「パパは無理をする。それが、パパの役目だ」賢治は力強い声で言った。まるで、自分に言い聞かすかのように。

思い返すと、この四十年間の人生、ずっと無難に生きてきた。

タバコは吸えるが、家計のことを考えて吸わない。ビールは、一日一本、発泡酒だけ。ギャンブルは年末ジャンボの宝くじ三千円分だけ。ゴルフは素振りだけ。キャバクラやクラブも付き合いで数回行った程度。風俗も行ったことがない。カラオケも《マイ・ウェイ》しか歌えない。なんてことだ。これじゃあ、ミスター・無難だ。部下のＯＬたちが、給湯室で、『牛島課長との不倫だけは想像できない』と噂話をするのも納得できる。私が女でも、今の私には抱かれたくない。

去年の暮れ、二十年ぶりに高校の同窓会があった。

同級生たちは、皆、いろんな人生を歩んでいた。中でも、小劇団の座長をやっているという同級生は悲惨だった。アルバイトをしながら、赤字公演を続けているらしい。借金がかさみ、マグロ漁船まで乗ったことがあるそうだ。貯金も保険も年金もない彼の人生を想像し、賢治はゾッとした。だが、一日、いや、一週間だけなら、彼の人生と自分の人生を交換したいとも思った。

この観覧車は、神が与えてくれた試練かもしれない。耐えろ。男ならこの試練を乗り越えるんだ。その先には、きっと、輝ける無難ではない人生が待っているはずだ。

「部長に借りよう。部長がダメなら社長だ」

「でも、お二人とも東京でしょ？」と、朝子が水を差す。

「持って来てもらおう。飛行機なら大阪まで一時間ちょっとだ」

「そこまでしてくれるかしら……」

「お願いしてみる。土下座姿を、写メールで送るよ」

「素敵よ、パパ」朝子が、目を潤ませた。

賢治は、胸を張り、携帯電話を開いた。

その瞬間、バッテリーが切れた。

賢治は、塩をかけられたナメクジのようにうなだれた。

「パパ……カッコ悪い」豪太が、泣きべそをかく。

そうだね。パパはカッコ悪いね。お願いだから、トラウマにならないでおくれよ。

「ママが、なんとかするわ」

朝子が、立ち上がり、自分の携帯を開いた。

「誰に電話するんだ？」

「パパは座ってて」

「はい」賢治は、言われるがまま、シートに腰を下ろした。

「ママが助けてあげるからね」

朝子が優歌と豪太を交互に見た。賢治は見てもらえない。

「ママも無理をしないでね。二択なら、ママが生き残って欲しい」優歌が、朝子の腕に抱きついた。

娘よ。それは、パパなら死んでもいいってことかい？

「大丈夫。ママは無敵だから」朝子が、優歌の頭を撫でた。

「ママ！　カッコイイ！」豪太が、バンザイをする。

「一体、誰に――」

「中西さんよ」朝子が、賢治の言葉を遮った。

「誰だ？　その人は？」

「ローソンの店長さんよ」

あのエロ親父《おやじ》か！　親父と言っても年はさほど変わらないけど。朝子を見る時の、ニヤケ顔を思い出しただけで虫酸《むしず》が走る。

「ローソンの店長が七百万も持っているわけないだろ」賢治は、鼻で笑った。

「持ってるのよ。貯金が一千万超えたって自慢してたもん」

「な、何で、そんな会話をしてるんだ？」

賢治の全身が熱くなった。

「だって、休憩時間に預金通帳を見せてくるんだもん」

「な、何のアピールだ！」

許せん！　人の妻に何を見せているんだ！　いやらしい奴め！

「ずっと独身だし、財テクが趣味なんだって」

「ああ、そうですか」賢治が、すねたように横を向く。

「身代金、店長さんに借りてみる」

「貸してくれるわけないだろ」

「大丈夫。店長さん、いい人だから」

いい人なんかじゃない！　下心があるんだ！

賢治は、思わず怒鳴りそうになって、言葉を呑《の》み込んだ。

「もし、借りることができたとして、どうする？　私たちは閉じ込められているし、店長さんは東京だろう？」

「持って来てもらうわ」

「ど、どうやって？」

「飛行機なら大阪まで六十五分だもん」朝子が、事も無げに言った。

またもや、怒鳴りつけたい衝動が賢治を襲う。

落ち着け。子供たちが見ている。

「朝子……他人がそこまでしてくれるわけないじゃないか？」

「本当に店長さんっていい人なんだってば。いつも事務所で肩を揉《も》んでくれるし」

「ちょっと待ちなさい。そいつに体を触らせたのか？」賢治は、怒りで顔が真っ赤になった。

「ただのマッサージよ？　何がいけないの？」

「どうして、ダメなの？　いやらしいことなの？」豪太も訊いてきた。

「豪太。お姉ちゃんと瞑想《めいそう》ごっこしようか」優歌が、豪太の気を逸らす。

「うん！」

「目をつぶって、耳を塞《ふさ》いで。自分の好きな国へ行ってみよう！」

「じゃあ、ボクは、ハリー・ポッターの学校へ行く！」

「お姉ちゃんは、楳図《うめず》かずおの《漂流教室》だよ」

優歌と豪太が、両耳を押さえ、目を閉じた。

娘よ、いつからそんな大人になったんだい？

優歌が、気を利かしてくれたおかげで、思う存分、夫婦ゲンカができる。賢治は、大きく深呼吸をした。

「何よ？」朝子が、頬を膨らます。

天然ボケの朝子は、何が悪いのか、まるでわかっていない。

「前から言おうと思っていたが、ローソンを辞めてくれ」

「嫌よ！　私だけ、時給千五百円なのよ。もったいないわよ」

千五百円？　夜のアルバイトの値段じゃないか！

「ほ、他の人の時給は？」

「六百八十円」

「そんなに露骨な贔屓《ひいき》があって、苦情が出ないのか？」

「だって、いつもシフトは店長さんと二人きりだし」

堪忍袋の緒がブチンと切れた。

「バ、バカモン！」

朝子が、体を硬直させる。

「何がいけないの？　チンプンカンプンよ」朝子が涙ぐむ。

「店長は……アイツは……ママに惚れている」

「まさか。パパったら、やだ」

妻よ、なぜ、わかってくれない。

賢治は自分を抑えるのに必死だった。高所恐怖症よりも、爆弾魔よりも、あのデブ男が憎い。

「あの目はストーカーの目だ。取り返しがつかなくなる前に、一刻も早くあの店を辞めなさい」

「誤解よ。店長さんは、そんな人じゃない。私、お店は辞めないから」

「辞めろと言ったら、辞めろ！」

賢治は、自分の声の大きさに驚いた。こんな大声で人を怒鳴りつけたのは初めてだ。

朝子が、置き去りにされた子供のような目で、賢治を見た。朝子のこんな表情も初めてだった。

「わかりました……」朝子が、承諾した。

「わかってくれればいいんだ」

「でも、お金は店長さんに借りるから。ついでに身代金を運ぶ役もお願いしてみる」

「何を言ってるんだ！　あいつに借りを作ったら、あとで何を要求されるかわかったもんじゃない！」

朝子が、賢治の腕時計を指した。「あと、五分しかないわよ。他に手がある？」

賢治は、ローソンのカウンターに立つ、店長の姿を思い浮かべた。浅黒く日に焼け、腫《は》れぼったい目で、朝子の体を舐め回すように見ている。あの手で、朝子の肩を揉みしだいたというのか。デブ野郎め。今度会った時は、おでんコーナーの汁の中に、そのニヤついた顔を突っ込んでやる。

身代金を用意するのも運ぶのも、あの男だなんて……。家族の命運を、あの男が握っている。何よりも、そのことが我慢できなかった。

「店長に……借りてくれ」

賢治は情けなくて泣きたくなった。

「子供たちの命が助かるなら、どんな要求にでも応《こた》えるわ。それが母親っていう生き物なの」

賢治は、無言のまま、頷くことさえできなかった。

朝子が、携帯電話のボタンを押した。

「もしもし？　店長さんですか？　一生のお願いがあるんです」

9　観覧車20号　美鈴の野望

そろそろ、三十分ね。

美鈴は、読みかけの文庫本をパタンと閉じた。

エルモア・レナード著《ゲット・ショーティ》。三分の一ほど読んだが、さっぱり理解できない。ジョン・トラボルタが主演で映画化されているらしいので、今度、ＴＳＵＴＡＹＡ

にＤＶＤを借りに行こう。

ジョン・トラボルタは好きな俳優だ。甘いフェイスに、クマちゃんみたいな、ずんぐりむっくりボディ。優しそうだし、何より、彼は踊れる。美鈴の自論だが、いざという時に踊れない男は、いざという時に女を捨てる。前の男がそうだった。

ちなみに、トラボルタの演じた役で、一番気に入ってるのは、《パルプ・フィクション》のビンセント役だ。

美鈴は、密《ひそ》かな野望を抱いていた。

——女流作家となって、直木賞を獲りたい。

小説なんて、原稿用紙一枚も書いたことないけれど。

二十歳の時の野望は、映画監督だった。ただ、どうすれば映画監督になれるかわからず、とりあえず、レンタルビデオ屋で働くことにした。タランティーノも昔、レンタルビデオ屋の店員からのし上がったからだ。映画を見まくってやる。そう意気込んだはいいものの、美鈴には致命的な欠点があった。映画を字幕で見られないのだ。

映画監督を諦めた美鈴は、二十三歳の時に、カメラマンになりたいという野望を抱いた。これまた、どうすればカメラマンになれるかわからず、とりあえず、カメラマンのアシスタントをしている男と寝た。浮気は初めてではなかったが、この男のセックスがあまりにもひどく、急激に夢が冷めてしまった。アーティストたるもの、もっと情熱的に求めて欲しかった。

小説家なら、なれるかも。何せ、元手がかからない。紙と鉛筆さえあればいいのだから。そこで、手始めにタランティーノが敬愛している作家、エルモア・レナードから手をつけたのだ。別にタランティーノを好きなわけではない。知っている映画監督が、タランティーノと黒澤明しかいないだけの話だった。読んでみたものの、思ったより小むずかしい。小説家も大変そうね。となると……。

やっぱ、別れさせ屋が天職？

七百万円を受け取る方法もバッチリ考えたしね。

美鈴は、鼻唄まじりで、朝子の携帯に電話をかけた。

『はい。牛島です』

女の声？　朝子だ。てっきり、賢治が出ると思っていたので、美鈴は、少し戸惑った。

「お金は用意できました？」気を取り直して訊く。

『はい。知り合いから、七百万円ちょうど借りることができました』

借りた？　凄い人がいるもんね。アタシも貸して欲しいわ。

「身代金を運ぶ人も用意できました？」

『はい。その人にお願いしました。東京でお世話になっている人なんですけど、たまたま大阪にいるらしくって』

ずいぶんとお人好しなヤツね。

いい感じだ。正直、三十分では厳しいのではないかと思っていた。一時間までなら、待つ覚悟でいたのに。よしよし。順調なのにこしたことはない。爆弾魔に感謝しなくちゃ。

その前に、釘《くぎ》を刺しておかねばならない。油断大敵だ。

「牛島さん。まさかとは思いますけど、警察には連絡してませんよね？」

『もちろんです。そんな馬鹿なマネはしません』

この女、えらく堂々としてるじゃない。夫の賢治よりも、よっぽどしっかりしている。母は強しね。

「それでは、お金の受け渡しを指示します。メモの準備はいいですか？」

『よろしくお願いします』

いよいよだ。ここからが勝負よ。

「梅田のＨＥＰをご存じですか？」

『ヘップ……？　すいません。わからないんですけど……』

「赤い観覧車があるビルです。すぐにわかります」

『人に訊けばわかりますか？　身代金を運ぶ人も、東京の人なんですけど……』

「大丈夫です。すごく目立ちますから。ビルの上に観覧車があるんですよ」

『あ、それ知ってます！　テレビで見ました！　一度乗ってみたいねって、主人と言ってたんです』

「その観覧車の乗り場に、お金を持ってきてください。七百万円を全額、リュックサックに入れてきてくださいね」

『リュックサックですか？　その人、ボストンバッグしか持ってないらしいんですけど……』

イライラするわね、この女。

「何でもいいですよ。じゃあ、ボストンバッグにしましょう」

『わ、わかりました』

「メモりました？」

『梅田、HEP、赤い観覧車の乗り場』朝子が繰り返す。『はい。メモしました』

「その時、観覧車のチケットを購入するのを忘れないでください。大人一枚でかまいません」

『チケット、大人一枚』

「今から、きっかり一時間後に来てください。いいですね？」

『い、一時間後ですか？』朝子が慌てる。

「何か問題でも？　その人は大阪にいるんですよね？」

『いえ。大丈夫です』

「最後にもう一度だけ言います」

『は、はい。何でしょうか？』

「もし、HEPの周りに、警察の姿が見えたら」

アタシ、天保山にいるから、見えないんだけどね。

『見えたら？』

「爆弾のスイッチを押します。娘さんと息子さんも確実に死にますよ」

朝子が、短く息を呑んだ音が聞こえた。ゾクゾクしちゃう！　アタシったら本物の爆弾魔みたい！　爆発したら、アタシも死ぬんだけどね。

「警察には連絡しない。約束できますか？」美鈴は、念を押した。

『約束します』

「一時間後、観覧車の乗り場に、太った男性が、金を受け取りに行きますので、その人に渡してください」

美鈴は、受取人を中西と決めていた。さすがの中西も、この騒ぎには気づいているだろう。朝子を助けるために、身代金を運ぶヒーローを演じさせてやるのだ。

ただ、そのお金は、アタシがもらうことになるけどね。

『太った男……？』

「何か問題でも？」

『私たちが用意した人も太ってるんですけど……いいでしょうか？』

「別にかまいません」

何を、言い出すんだ、この女？

『あのう。その方はどのような格好ですか？』

どのような？　中西の服装を説明するのはむずかしい。一言で言うと、中年オタクだが……。

そうだ、目印を決めればいいのよ！

「こちらの受取人は、ローソンのレジ袋を持っています」

『ローソン……？』

いちいち、うざいな！　この女は！

「合言葉も決めましょう」

ますますグッド・アイデア。さすが天職！　でも、これ、別れさせ屋というより、誘拐犯の域よね。

「ローソンのレジ袋を持った、太った男を見つけたら、《直木賞は獲れそうですか？》と訊いてください」

『はっ？　小説家の方ですか？』

「違います。単なる合言葉です。早くメモって」

キレそうだ。この女、天然ボケか？

『メモしました』

「その男が、《もちろん、獲る気、満々です》と答えたら、ボストンバッグを渡してください」

『了解しました』

「一時間後に、また連絡します」

美鈴は、電話を切った。

疲れた。これなら夫の賢治の方がまだマシだった。ちゃんと、伝わったのか不安で仕方がない。

美鈴の作戦は、こうだ。

中西に、ローソンのレジ袋を持たせ、HEPの観覧車乗り場で待たせる。中西が、牛島家が用意した運び人から、金の入ったボストンバッグを受け取る。運び人を、HEPの観覧車に乗せる。そいつが、ぐるっと一周している間、中西は悠々と逃げることができる。これで、尾行の心配もない。

そのボストンバッグをどう受け取るか？　それが問題よね。

とりあえずは、中西に駅のロッカーに入れさせよう。何とかして、ロッカーの鍵さえ奪えれば、七百万はアタシの物だ。

でも、こんなアバウトで大丈夫かしら？　ふと、美鈴の頭を一抹《いちまつ》の不安が過《よぎ》る。もし、警察が動いていたら――。

あっという間に捕まっちゃうだろうな。

美鈴の計画は完璧《かんぺき》ではない。それぐらいわかっている。犯罪が、ドラマや映画のようにうまくいくわけがないのだ。

ま、いいか。どうせ、捕まるのは、中西だ。

なぜ、HEPの赤い観覧車を選んだか。

なんてことはない。観覧車に閉じ込められた人間が、別の観覧車を使って現金をせしめる。映画的でカッコイイかなと思っただけだ。

これを小説にするのはどうだろう？　悪くない。もしかして、映画化とかになったりして。さあ、お次は、中西に電話だ。あのエロデブのことだ。愛しの朝子さんのピンチなら喜んで働くだろう。

10　観覧車18号　勇気

無意味に、時間だけが過ぎていく。ニーナは、何もできない歯がゆさに、激しく貧乏揺すりをした。

人質全員の命が、自分にかかっている。わかってはいるが、大二郎の手品のタネがどうしてもわからない。

今、大二郎が、火の点いたタバコを消した。

火の点いたタバコを握ったかと思えば、跡形もなく消えたのだ。何度、大二郎の手をチェックしても、何もわからない。かすかに、タバコの香りが残っているだけだ。

勝負にならない。

大人しく待つしかないわね……。あと一時間もすれば、全員、解放されるんだから。

……そんな保証はどこにある？　身代金を受け取る方法もわからないのに？　それに、六億円という大金を、あの父親がすんなりと払うだろうか？

警察も本腰で、大二郎を捕まえに来るだろう。

もし、受け渡しに失敗したら？

キャビンの数は六十台。百人以上の命が、一瞬にして消える……。

モグリだけど、医者として、それだけは許せない。やっぱり、わたしが説得しなくちゃ。

のんきに手品見物をしている場合じゃない。

まずは、なぜ、こんな犯罪を起こしたのか、動機を聞き出したい。大二郎とわたしの父親の間に何があったんだろう？

「ロマーリオっていう、ブラジルのサッカー選手知ってる？　点取り屋の天才ストライカーやねんけど」

大二郎が、どうでもいい話を始めた。

説得するスキがなかった。もしかすると、すべて計算で、わたしを興奮させないように、ダラダラと手品やムダ話を続けているのかもしれない。

「ロマーリオは、ヤジを飛ばしたファンに殴りかかるほど、ヤンチャで有名な選手やねんけどな。アメリカでのワールドカップの年に、父親が何者かに誘拐されてん」

誘拐と聞いて、ニーナは顔を上げた。

大二郎は、ニーナの反応に満足そうに頷き、話を続ける。

「身代金は八億円。ロマーリオはどうしたと思う?」

「払ったの?」

「記者会見で、『親父を返さないと、ワールドカップに出ない』って言っててん」

「マジ? それで、誘拐犯はどうしたのよ?」

「すぐに、父親を解放してん。笑えるやろ? どんだけサッカー好きやねん」

「さすがブラジルね」

「ロマーリオの凄いとこはここからやねん。そのワールドカップでMVPになって、ブラジルを優勝させてんで」

「誘拐犯を逆に脅すなんて勇気あるわね」

ニーナは、自分の言った言葉にハッとした。

勇気? 今、わたしに必要なのは、それじゃないの?

わたしが、大二郎を脅せばいいのよ。そうよ。それぐらいの覚悟がなければ、説得なんてできない。

「ありがとう。いい話を聞かせてくれて」ニーナは、この観覧車に乗って、初めて笑顔を見せた。

「……どう致しまして」大二郎が、訝しげに眉をひそめる。

どうやって脅す？

わたしなりの方法だ。

ニーナは、目を閉じて、大好きな海を思い浮かべた。

――カリフォルニアのハンティントン・ビーチ。二十二歳の頃、家出してすぐに貯金を全部下ろして行った。サーファーなら誰でも知っている聖地だ。ハモサ・ビーチにも行った。美しい砂浜に涙が出た。パドルで沖に出る。波がくる。何も聞こえない。誰にも邪魔されない。わたしだけの時間――。

もう怖くない。たとえ、死んだとしても、あの海に還《かえ》ると思えばいいんだ。

ニーナは、静かに目を開けた。

勝負だ。絶対、人質を解放させてやる。

ニーナは、大二郎に向けて、左手を出した。

「……ニーナちゃん、どしたん？」

「ナイフ持ってる？」

「ナイフ？　何に使うねん？」

「いいから、貸して。誘拐犯なんだから、護身用に持ってるでしょ？」

「持ってへんよ！　俺、刃物嫌いやし」

「あ、そう」

ニーナは、そう言ったあと、何の迷いもなく、自分の左手首に嚙みついた。

「ちょっ！　何してんの？」大二郎が、目を白黒させて仰天する。

ニーナは、血管ごと、皮膚を嚙みちぎった。

呆然とする大二郎の顔を見ながら、肉の塊《かたまり》を床に吐き出す。

口の中に、錆《さ》びた鉄の味が広がった。手首から、血が噴き出す。血は見慣れている。冷静に自分の傷を判断できた。静脈が切れただけだ。止血しなかったとしても、二時間は余裕でもつだろう。

これが、わたしのやり方よ。

「え？　え？　え？」

大二郎が、何のことかわからず、真っ青な顔で、ニーナの傷口を見る。

ほとんどの男は、血に弱い。

「め、めっちゃ、血、出てるで！　早く止めな！」

「止めない」

「ええ？　何考えてんねん！」

「このままだったら、あと三十分で出血多量で死ぬよ」ニーナは、ハッタリをかけた。見せつけるように、床に血を垂らす。

大二郎の顔が、ますます青ざめる。唇まで紫色だ。

「ニーナちゃん……気でも狂ったん？」

「大事な人質に死なれたら困るでしょ？」

「ア、アカンて！」

「じゃあ、わたしの要求も聞いて」

ニーナの迫力に押されて、大二郎が体を反《そ》らす。

「要求って……何？」

「まず、わたしのことを〝ニーナちゃん〟と呼ぶな。馴れ馴れしいから」

「じゃあ、なんて呼べば……」

「〝ニーナさん〟でしょうが。年下なんだから」

「は、はい」大二郎が、素直に頷く。「それだけのために、手を食いちぎったん？」

「そんなわけないでしょ！」

「ニーナちゃ――」

「〝さん〟！」ニーナは、鋭く訂正した。

「ニーナ……さん、自分ではわからへんやろうけど、鬼婆みたいに口のまわりが血だらけやで。今まで見た、どんなホラー映画よりもビビッたわ……」

ニーナは、バッグからハンカチを取り出し、口元を拭《ぬぐ》った。手首の傷には、一切触れない。

「手首の血も止めてや。俺、気持ち悪くなってきた」

「要求を聞いてくれたら止める」

「だから何やねん！」

大二郎が冷静さを失っている。よし。主導権はこっちが握った。

「動機を聞かせて欲しいの」

大二郎が途端に押し黙る。

ニーナは、かまわず続けた。「アンタとわたしの父の間に、何があったか教えて」

「……それを聞いてどうすんねん」

「わたしには知る権利がある。何も知らないまま死にたくないの」

「……あと一時間もすれば助かるねんで？　身代金を受け取るだけやのに！」

「助かる保証なんてどこにもないわ」

「約束するって！　俺を信じてや！」

「そこまで言うなら、爆弾を解除してみせて」

「それは……できへん」大二郎が下唇を噛んだ。

「あ、そう」

ニーナは、指で手首の傷をほじくった。さらに血が溢《あふ》れ出す。

「やめろって！」

「話してくれる？」

「ああ！　もう！」大二郎が、目を閉じ、歯を食いしばった。

「右手首も噛みちぎろうか？」

「わかった！　話すよ！　話せばええんやろ！」

とうとう大二郎が降伏した。

「大二郎、ありがとう」

「その代わり、止血してや」

ニーナはハンカチで傷口を押さえた。手首を心臓の位置よりも高く上げる。

「さあ、話してよ。大二郎の過去に何があったの？」

これしきの傷なら、《直接圧迫止血法》で十分だ。

大二郎が、タメ息をつく。

「なんちゅう女や……ロマーリオどころの話やないで」

11　観覧車17号　パパ！　犯人がわかったよ！

いつまで、あのデブ男と電話をしているんだ？　犯人の指示を伝えるだけだろ？

賢治は、携帯電話で話す朝子を、イライラしながら見た。朝子は、深刻な顔で、中西の話に相槌《あいづち》を打っている。

長々と何を話してるんだ？　用件だけを伝えて、切りなさい！

「ママ、誰とお話ししてるの？」豪太が、優歌に訊いた。

「ローソンの店長さんだって」

「何で？」

「ママがモテモテだからよ」

「こらっ。優歌、そんな言い方はやめなさい」つい叱ってしまった。

「だって、ローソンに遊びに行ったら、あの店長さん、いつも何でもタダでくれるよ」優歌が頬を膨らます。

「ボク、ジャイアントカプリコもらったよ！　イチゴ味の！」豪太も手を上げた。

「何だと？　完全に職権乱用じゃないか！」

子供にまで媚《こび》を売りやがって！　将を射るなら馬からってやつか？　ますます許さん！　今度会ったら、おにぎりコーナーのおにぎりを全部握り潰《つぶ》してやる！

「そうなんですか……。店長さんのお気持ちは嬉しいんですけど、私には家庭がありますので」朝子が言った。

「おい！　何の話をしてるんだ！」

「告白されてるよ」優歌が、豪太に耳打ちをする。

「不倫なんて滅相もございません」

「ママ！　切りなさい！　子供の前でしょうが！　せめてヒソヒソ声で話しなさい！」

朝子が、人さし指を口に当てて、賢治を制する。

し、静かにしろ、だと？　賢治のはらわたが、煮えくり返り過ぎて、シチューのようにドロドロになりそうだ。

賢治は、窓の外を見た。怒りのあまり、高所恐怖症もどこかにいってしまった。

あのデブ野郎のローソンはどの辺だ？　ああ！　空が飛べたら！　今すぐ飛んで行って、揚げたての《からあげくん》を全力投球で投げつけてやるのに！

「その人の名前と電話番号を教えてください！　警察に通報します！」朝子が、声を張り上げた。「いいえ！　通報します！　中西さんのことは絶対、警察に言いませんから安心してください」

「ママ……怖い」

あまりの剣幕に、子供たちが怯えている。

「それではよろしくお願いします。メールをお待ちしてますので」朝子が電話を切った。

「ママ、どうなってるんだ？」

「パパ！　犯人がわかったわよ！」

朝子が、顔を輝かせた。

「えっ？」

賢治と子供たちが、顔を見合わせる。

「中西さんが、犯人の名前と電話番号をメールで送ってくれるわ」

「アイツが？　な、なんでそんなことわかるんだ？」

朝子が、優歌と豪太を抱き寄せる。「良かったね！　みんな！　一件落着だよ！」

「ママ、説明しなさい」

「身代金を渡すのも受け取るのも中西さんだったってわけ。中西さんが、これはマズいと思って親切にも知らせてくれたの。傑作よね。あ〜おかしい」朝子が手を叩いて笑う。

完全に、こっちは置いてきぼりだ。

「おかしくない。ますますわからないよ」

「お主ら、今日の晩ご飯は何が食べたい?」

「エビフライ!」豪太が叫ぶ。

「よし! 今日は伊勢海老のエビフライだ!」

妻よ。頼むから自分だけスッキリしないでおくれ。

朝子の携帯が鳴った。中西からメールが届いたようだ。

「来たわ!」朝子が、大急ぎでメールを開く。

本当に中西が犯人を知っているのか? 朝子に、いいところを見せようと口からでまかせを言っただけじゃないのか?

「川上美鈴」朝子がメールを読み上げた。「この女が犯人よ」

川上? 美鈴?

そんな名前聞いたこともない。

「誰なんだ、その女は?」

「別れさせ屋さんなんだって」

「なんだ、それは?」

「中西さんの話では、別れて欲しい恋人や夫婦がいれば、その人に頼めばいいんだって。あの手この手を使って、別れさせてくれるらしいよ」

「そんな仕事があるのか……」賢治は背筋が寒くなった。世の中、狂っている。

「中西さんは、私たちを別れさせようとして、川上美鈴に依頼したらしいの」

「おい！　穏やかじゃないな！　あの野郎、やっぱりストーカーじゃないか！」

「パパ、中西さんを許してあげて。私の危機を察して、自ら、別れさせ屋のこと告白してくれたのよ」

賢治は、すぐに、答えることができなかった。

私は、許すことができるのだろうか？

「この観覧車が止まらなければ……別れさせられたかもしれない……のか？」

「いいえ。どんなことがあっても、私たちは別れないわ」朝子が何の迷いもなく否定する。

「ママ、パパと離婚するの？　その場合、親権はどっちが持つの？」優歌が不安そうに、朝子に言った。

「安心して。ママはずっとパパの奥さんよ」

「ママ！　どこにも行かないで！」豪太が、朝子に抱きついた。豪太に続いて、優歌も朝子に抱きつく。

「パパもおいで！」豪太が、賢治の手を引っ張った。

四人で抱き合った。ようやく家族が一つになれた。家族の結束は、共に苦難を乗り越え、強まるのかもしれない。

「その川上美鈴って人が、この観覧車に乗ってるんだって」朝子が思い出したかのように言った。

「何だって？」

「東京から、ずっと私たち家族を尾行していたらしいの。中西さんと一緒に」

「中西も？　やっぱりストーカーじゃないか！」

「最初、大阪にいるって聞いてビックリしたけど、そういうわけだったのよ」

「中西も観覧車に閉じ込められているのか？」

「ううん。天保山マーケットプレースにいるって」

女だけが閉じ込められている……。

三つほど後ろに並んでいた女を思い出した。一人で、賢治たち家族を観察するように見ていたのを覚えている。

間違いない。あの女が別れさせ屋だ。メガネをかけて、真面目そうだったのに……。人は見かけによらないものだ。

待てよ。あの女、ハンドバッグしか持ってなかったぞ。爆弾なんか、どこにあるんだ？

話が読めた。川上美鈴は、爆弾魔なんかじゃない。朝子の電話番号を知っているのをいいことに、私たちから身代金を騙《だま》し獲ろうとしたのだ。それが、身代金の受取人を中西にしてしまい、墓穴を掘ったってわけだ。

「警察に電話するね」朝子が、電話をかけようとした。

「待ちなさい」賢治が止める。「あの女は偽者の爆弾魔だ」

「そうなの？　じゃあ、何で、私たちから身代金を獲ろうとしたのかしら？」

「どさくさに紛れて、獲ろうとしたんだよ。何て悪知恵の働く女だ」

「詐欺師じゃない！　やっぱり、通報しなくちゃ！」

「通報したところで、とぼけられたら終わりだし、証拠もない」

「中西さんが証言してくれる……ダメだわ。中西さんのことは警察には言わないって約束したもの」

「ここはパパに任せなさい」

家族が、尊敬の眼差《まなざ》しで賢治を見る。

うん。よろしい。父親はこうでなくちゃ。

「本物はどこにいるの？」豪太が訊いてくる。

「それは、パパもわからない」

「身代金は誰が払うの？」優歌も訊いてきた。

「それも、パパはわからない」

マズい。せっかく取り戻した父親の威厳が、また失墜してしまう。

「あの女を、警察に突き出さないんだったら、どうするの？」朝子が、不満げに言った。

「逃がしちゃうの？　私たち家族の幸せを脅かしたのよ」

「懲らしめてやろう」

賢治は、朝子、優歌、豪太の順に家族の顔を見た。全員で手をつなぎ、輪を作る。

「家族で力を合わせて、あの女に復讐するんだ」

四人が同時に、力強く頷いた。

「どうやって復讐するの？　無言電話？」と、朝子。

「ボク、犬のウンチ投げる！」と、豪太。

「理科室から硫酸盗んできてあげる」と、優歌。

牛島家、万歳。今、ここに、揺るぎない家族の絆《きずな》が生まれた。

12　観覧車19号　銀次の値段

明らかに、さっきよりも、腹の痛みが激しい。

いよいよ、限界が近づいてきている。一秒が一時間に、十秒が一日の長さに感じる。

初彦は、小刻みに体を震わせて、ＵＦＯの存在や、ピラミッドの謎や、ネッシーは本当にいるのかを、必死で考えた。

ネッシー？　知るかボケ！

世界の不思議も、ウンコの前ではかたなしだ。

「我慢しろ！　踏ん張れ！」銀爺が、叫ぶ。

「踏ん張ったら出ちゃいます……」

「他のことを考えろ！　意識を腹から逸らしやがれ！」銀爺が、観覧車の窓に背中をへばりつけて言った。

「もうダメっス……」

「初彦！　諦めんじゃねえよ！　考えろ！」

「何を考えればええんですか？」

「楽しいことだ！　今までの人生で、一番楽しかったことは何だ？」

楽しいこと？　一番？

「……とっさに思いつきませんよ」

「何でもいいんだよ！　とにかく話せ！」

「ガキの頃、家族全員で、長野の志賀高原にスキーに行ったことです。親父が、まだ家を出て行く前でした」

「楽しかったか？」

「……はい」

「腹痛はどうだ？」

「……余計にひどくなりました」

「何だと？」

「雪景色を思い出したら……腹が冷えて……あっ」

肛門がヒクつく。初彦は、尻の筋肉を強張《こわば》らせた。

「忘れろ！　雪を頭から消せ！　次は、悲しいことだ！」

悲しいことはすぐに思いつく。

「母親が……」

初彦は、奥歯が折れるほど、歯を食いしばった。

「話せ！　口を動かせ！　お袋さんが、どうした？」銀爺が、ボクサーを励ます、セコンドのように叫んだ。

「……乳」

「ニュウ？」

初彦は、真一文字に口を閉じて、首を振った。ダメだ。あと、一言でも喋ったら、ダムが決壊してしまう。最悪だ。病の母を思い浮かべながら、ウンコを洩らしたくない。

「わかった！　俺が、おもしれえ話をしてやるよ。だから、気を紛らせるんだ！」

初彦は、涙目で何度も頷いた。

銀爺が、初彦の様子に警戒しながら、シートに腰を下ろした。「一九五四年が何の年だか知ってるかい？」

「むむむむむ」初彦は、呻きながら、首を激しく横に振った。

こんな非常事態に、歴史の講釈？　銀爺は、何の話をするつもりだ？

「マリリン・モンローが初来日した年だよ」銀爺が、懐かしそうに、頬を緩めた。「ジョー・ディマジオとの新婚旅行でやってきたんだ。元ニューヨーク・ヤンキースのジョー・ディマジオと言やぁ、不滅の五十六試合連続安打記録を作った、全米の大スターよ。それが、日本の記者会見では、マリリン・モンローばかりに質問が集中してよぉ。ブチギレて、マイクの線を引き抜いて、会場を出て行ったんだってさ。笑えるよなぁ。おっと、話が逸れちまった。旦那のことはどうでもいいんだ」

銀爺が、芝居じみた仕草で、軽く咳払《せきばら》いをし、話を続ける。

「マリリン・モンローが来日した日。全国の名のあるスリ師たちが、一斉に東京に集まったんだ。誰が一番なのか、勝負しようってわけよ。ま、言ってみれば、スリの全国大会だな。若造だった俺も、その大会に呼ばれたんだ。ターゲットは、マリリン・モンロー。彼女の身につけてるもので、一番凄い物をスッてきた奴が優勝だ。優勝した奴は、何を持ってきたと思う？」

銀爺が、左の眉をあげて、言った。

「マリリン・モンローのパンティーだよ」

初彦の便意がピタリと治まった。

「伝説だ……。これこそが、俺の聞きたかった武勇伝っスよ！」

「おめえ、腹痛は？」銀爺が、驚いて訊いた。

「治りました！　さすが、銀次さんっスよ！」初彦が、意気揚々と、下腹を撫でる。

「ったくよぉ、俺は医者じゃねえぞ」銀爺が、大きく息を吐き、肩を落とす。

「もしかして、マリリン・モンローのパンティーを盗って、優勝したの……銀次さんじゃないんっスか？」

「それは、どうだろうな。あまりにも昔の話なんで忘れちまったよ」

「シビレるなぁ～」初彦は、尊敬の眼差しで、銀爺を見た。「他の武勇伝も話してくださいよ！」

「また、腹が痛くなったのかよ！」銀爺が、警戒する。

「これ以上、痛くならないようにっスよ。お願いします！」初彦は両手を合わせて銀爺を拝んだ。

武勇伝を本人から生で聞けば、俺も勇気が出るかもしれない。

「しょうがねえな」銀爺が、舌打ちをした。「一九九八年は何の年だか知ってるかい？」

「九八？……十年前ですよね？」

初彦が、スリ師になったばかりの頃だ。

「何の年ですか？」

「ある幼い兄弟が、復讐を誓った年だよ」

銀爺が、スーツの内ポケットから、拳銃を出した。

あれ？　この銃、どこかで見たことあるぞ……。

背筋が凍りついた。一粒の汗が、額からゆっくりと流れ落ちる。

「……スッたんですか？」初彦が、かすれた声で言った。

「ああ。おめえの、革ジャンのポケットからな。長年、この商売やってると、ポケットのふくらみひとつで、何が入ってるかわかるもんだ」

「い、いつ、スッたんですか？」

「さっき、タックルした時だよ。おめえ、スリには向いてねえな」銀爺が、撃鉄をカチリと上げた。「何でこんな物騒なもの持ってやがんだ？」

「渡されたんっスよ！　アンタを殺せば金をくれるって！」初彦は、両手を上げて弁明した。

「そいつは誰だ？」

「今日、初めて会った男っス！　新大阪駅のトイレで声をかけてきて、銃と金を渡されたんっスよ！」初彦は、ジーパンのポケットから、封筒を取り出した。「手付けで十万、殺した後に、九十万払ってくれるって……」

「その男の名前を教えろ」銀爺が銃口をこっちに向けた。

ハッタリだ。撃てるわけがない。逆に銃を奪い返してやる。

「銀次さん。俺の話を聞いてくださいよ」初彦は、素早く、ジーパンの左ポケットに手を入れた。スリなら、たいてい、刃物を持っている。ターゲットのハンドバッグやリュックサックに切り込みを入れ、財布を抜くためだ。それに、こうして、護身用にも使えない。ナイフが……。

「これを探してんのかい？」

銀爺の左手に、初彦のナイフがあった。

「さすが……伝説の男やわ」完全に、お手上げだ。

銀爺は、銃口を、初彦の額に押しつけた。「一度しか言わねえ。男の名前を教えろ」

「知りませんよ！　本当に、初めて会ったんですってば！」

「どんな奴だった？」

「四十歳ぐらいですかね……。とにかく、気味が悪い奴でしたね。薄いグラサンかけてたんで、よくわからなかったスけど、右目が白く濁っていて、見えてなかったような……」

銀爺の顔色が、変わった。

「あの野郎……。しつけえ奴だな……」と、呟く。

「お知り合いですか？」

「俺の命を狙っている殺し屋だよ」

「殺し屋？　さすが伝説の男。スケールがデカいな～」

「なるべくなら、会いたくねえよ」

銀爺が動揺している。チャンスだ。

初彦は猛然と飛び掛かり、銀爺から銃を奪おうとした。銀爺が、体を捻《ひね》り、初彦の手をかわす。

クソッ。ジジイのくせに、すばしっこいな！

初彦は、背後から銀爺の首に腕を回し、力任せに絞め上げた。頼む、死んでくれ。

「俺には金が必要なんスよ！　オカンの治療費に――」

キャビン内に、銃声が鳴り響く。鈍い痛みが、初彦の腹部を貫いた。手から封筒が滑り落ち、一万円札が床にちらばる。

初彦は、その上に崩れ落ちた。急速に、意識が遠のいていく。

オカン、ごめん。先に逝《い》ってまうわ。

目の前が暗くなり、銀爺の声だけが聞こえた。

「俺の命がたったの百万かよ。〝仕立屋銀次〟も安く見られたもんだねぇ」

第二章　それぞれの回想

一九九八年　五月

1　十年前　大二郎の回想（一）

これは、ぼくの家族の物語だ。

ぼくの名前は赤松大二郎。十一歳。小学五年生だ。

うちの家族の朝は、いつも〝納豆トースト〟から始まる。

〝納豆トースト〟の発明者は父さんだ。まずは、食パン二枚をこんがりと焼く。パンを焼いている間に納豆を混ぜる。もちろん、おしょう油とからしをちょっぴり加えるのを忘れない。パンが焼けたら、二枚共にバターをたっぷりと塗って納豆を挟み込み、かぶりつく。

トーストからビョーンと伸びる糸がサイコーに楽しい。白い糸が三本。父さんと兄ちゃんとぼくの口にビョーン。誰のビョーンがちぎれずに一番長く伸びるかを競争して、いつも母さんに怒られてしまう。

「そんな物、人間の食べ物と違うわ」

母さんは、納豆が大嫌いなので食べない。一人だけ卵かけご飯に味付け海苔《のり》を巻いて、ニコニコしながら食べている。大好物なのだ。

「明日、地球に隕石《いんせき》が落ちるとわかってても、母さんはコレを食べるわよ」と言っては、いつも二杯は食べる。

朝ご飯が終わると、父さんと母さんの儀式に付き合わなきゃいけない。ビデオで映画を見るのだ。クソ忙しい朝なのに。もちろん、映画を丸々一本も見ている時間はないから、ラストシーンだけ。

「ごちそうさまでした」と全員で手を合わせたあと、父さんがテレビのリモコンを押し、母さんがビデオのリモコンを押す。

映画は必ず、《クレイマー、クレイマー》だ。

ダスティン何とかというオッサンとメリル何ちゃらとかいうオバサン（父さんに何度も俳優の名前を教えてもらったけど覚えられない）が、エレベーターの中と外で見つめ合っている。ゆっくりとエレベーターのドアが閉まり、オッサンとオバサンが微笑み合う。ジ・エンド。千回以上は見せられたシーンだ。

父さんと母さんは、そのシーンを見てはウットリとして、タメ息を洩らし、テーブル越しにキスをする。毎朝、毎朝、子供の目の前でだ。

父さんの話によると、母さんとの初デートで、オールナイトのリバイバル上映の《クレイマー、クレイマー》を見たらしい。そこから、なぜ、毎朝の儀式になったのかは謎だ。

父さんはぼくたち兄弟に、いつも口を酸っぱくして言った。

『男なら、どんな時も、ロマンチックに生きろ』

古臭いハードボイルド小説の中の探偵が言いそうなセリフだが、ぼくたち兄弟はその言葉を信じた。

テーブル越しの両親のキス。そのあと、母さんは皿洗い、父さんは明日の朝のために、ビデオテープを巻き戻す。

こうして、ようやくぼくたち赤松家の一日が始まる。


どんな時も、ロマンチックに生きろ。

ぼくの兄、直一郎は、とりわけこの言葉を忠実に守り通した。

去年の運動会の時もそうだった。

運動神経のいい直一郎は、リレーのアンカーに選ばれていた。リレーは、運動会のクライマックスでかなり盛り上がる。

二位でバトンを受け取った直一郎は、グングン加速し、最後のカーブで先頭の子を捉えた。

グラウンドの生徒たちの声援が最高潮に達した瞬間、裸足で走っていた直一郎は足を滑らせて転倒してしまった。歓声が悲鳴に変わり、直一郎は後続の走者たちに次々と抜かれていく。

他の走者たち全員がゴールしても、直一郎は立ち上がらなかった。静まり返るグラウンド。しばらくして、直一郎は立ち上がった。観客たちは、ホッとして直一郎に拍手を送った。しかし、その拍手もすぐに止《や》んでしまった。

直一郎が、コースから外れて、見当違いの方向に走り出したからだ。直一郎は、自分のクラスの応援席まで行き、アイドル的存在の女の子に、バトンを渡して大声で言った。

「前からずっと好きでした！　お願いします！」

何と、全校生徒の前で告白したのだ。

「ごめんなさい」女の子が、真っ赤な顔でバトンを返す。

見事に玉砕。グラウンドは爆笑に包まれた。

「大二郎！　お前の兄ちゃん、オモロいなぁ！　めっちゃ根性あるやん！」

横にいた友達に絶賛されたが、ぼくは顔面から火が噴き出すほど恥ずかしかった。

「よくやったぞ！　直一郎！　それでこそ赤松家の長男だ！」

父さんが、観客席で飛び跳ねて喜んでいる。

歓声にピースサインで応える直一郎の元へ、母さんが猛ダッシュで駆け寄った。

「直一郎！　何やってんの！　アンタは！」

母さんが、鬼の形相で直一郎の首根っこを摑み、引きずり回した。

激怒するのも無理はない。母さんは、ぼくたちの学校で教師をやっているので、立場がないのだ。

「だって、どんな時もロマンチックに――」

「おだまり！」

言い訳をしようとする直一郎を、母さんのビンタが襲う。毎度、ロマンチックにチャレンジしては母さんに殴られている直一郎は、ビンタを軽くかわし、観客に手を振りつつゴールへと走って行った。

「この悪ガキが！　待たんかい、ワレ！　今日という今日は許さんぞ！　半殺しにしたろうか！」

母さんは、美人だが、大阪でも一、二を争うヤンチャな街、だんじり祭りの岸和田《きしわだ》出身だ。一度キレたら止まらない。

母さんは、ありとあらゆる河内《かわち》弁の暴言を吐きながら直一郎を追いかけ、ゴール付近でヘッドロックで捕らえた。揉み合う親子を他の先生たちが取り押さえる。

「赤松先生、カッコエエなぁ～。いっぺんでええから、オレもシバかれてみたいわ」

後ろにいた、ちょっとMっ気のある友達がホレボレしながら言った。恥ずかしいぼくは、うつむくことしかできなかった。

ぼくたちの小学校は、大阪府の茨木市にある《サニータウン》と呼ばれる町にあった。大阪といっても、サニータウンは山をむりやり切り開いた、ど田舎《いなか》中のど田舎だ。一番近い茨木駅でさえも、バスで山道を下って四十分はかかる。

人口は数千人。

当然、小学校の生徒数も少なく、学年にたった一クラスしかなかった。直一郎の六年一組は、二十八人。ぼくの五年一組は、二十人だけだった。

「自然の中で、すくすくと育って欲しかった」とは、父さんの弁。

「家が安かったから、父さんが後先考えずに衝動買いしたのよ」とは、母さんの弁。

まさに、陸の孤島だったが、世の中のことを何も知らないぼくたちにとっては、楽園そのものだった。

野球をしては、急な坂道を転がり落ちるボールを追いかけ、山に入っては、天然のアケビにかぶりついた。

山頂の七丁目からは、大阪の景色が一望できる。夜は夜景の穴場スポットで、カーセックスの名所だった。ぼくたちは、ほふく前進で、揺れる車に近づいては、カップルに追いかけられた。

ただ、ピアノのレッスンだけが大嫌いだった。

ぼくたち兄弟は、幼稚園の頃から、母さんにピアノを習っていた。母さんは、音楽の教師なのである。

「私の子供やねんから、せめて『エリーゼのために』ぐらいは弾いてくれんと、カッコつかへんわ」と、母さんは竹の定規を持って、ぼくたちをしごいた。

母さんは、合唱部の顧問もやっていて、もちろんぼくたちも強制的に入部させられた。合唱部の練習は、かけもちしているサッカー部の練習よりはるかに厳しかったけど、それはそれで楽しかった。

人気教師だった母さんのおかげで、部員は学校のクラブの中で一番多く、七十人近くはいた。生徒の三分の二は入っていたことになる。体育会系のクラブと、文化系のクラブがかけもちオッケーだとはいえ、驚くべき数字だ。

人気の秘密は、母さんの選曲にあった。

母さんは、文部省が推薦する退屈な曲は一切歌わせず、ビートルズや井上陽水に、当時流行っていたパフィーの《アジアの純真》、スピッツの《空も飛べるはず》なんかのヒット曲をガンガン歌わせてくれた。

さすがに、市のコンクールで歌った、ウルフルズの《ガッツだぜ!!》は、子供心に大丈夫かいなと心配した。結果が見事、銀賞だったので問題にはならなかったけど。

「歌で大切なのはソウルや。魂込めな、歌う意味はあらへん！　まずは、これ聴き！」

合唱の練習が始まる前、母さんは必ずぼくたちに《ウィ・アー・ザ・ワールド》を聴かせた。

「この、そうそうたるメンバーの歌声を嚙みしめや！　アフリカの飢えてる人たちのために、レコードの売上げを全部寄付したんよ！　大二郎！　今、歌っている人は誰や？」

興奮した母さんは、曲にノッて、ぼくに質問を浴びせかける。

「スティービー・ワンダーです」

「正解！　この人、目が見えへんねんで！　けど、いっぱい名曲を作ってます。先生がいつも言ってるソウルの力やな。今、歌ってるのは？」

「マイケル・ジャクソンです」

「このアーパーな歌声は？」

「シンディ・ローパーです」

「このガラガラ声は？」

「たぶん、ボブ・ディランやと思います」

「このソウルフルなシンガーは？」

「レイ・チャールズです。この人も、目が見えません」

ぼくと母さんのやりとりに、合唱部のみんなが笑った。

曲が終わると、母さんは、満足げに頷いて、みんなを見回す。

「ええか、みんな。これが歌や。全員で力を合わせて、気持ちをしっかり込めたら、こんな〝奇跡〟が起こるねんで。みんなの合唱も一緒。歌いたい歌を、思いっきり気持ち良く歌おうや！　一人もサボッたらアカンよ！　全員でやでー！　さあ、奇跡を起こすで！」

母さんが声高く叫んで、グランドピアノで前奏を弾き出す。合唱部、みんなの顔に勇気がみなぎる瞬間だ。

ぼくは、そんな母さんが大好きだった。

合唱部のみんなも、全員、母さんが大好きだった。

2　十年前　大二郎の回想（二）

ぼくたちにとって忘れることのできない、一九九八年のゴールデン・ウィーク——。

事件が起きた。

当日、その事件が起きるまで、ぼくたちは浮き足立っていた。

千葉県の幕張《まくはり》メッセで行われる合唱コンクールの全国大会に、ぼくらの学校が選ばれたのだ。金賞を獲った学校が、中学受験のために辞退したのだ。

母さんも大喜びだった。「どうせやったら、ついでにディズニーランドにも行こうか！」

母さんの提案に、ぼくらは狂喜乱舞したが、さすがに予算の都合でディズニーランドは無理だった。

「千葉市動物公園というところに、《ドリームワールド》っていう遊園地があるよ。動物たちもいるし、一石二鳥だぞ」父さんが、わざわざ図書館まで行って調べてくれた。

あっけなく、合唱コンクールのあとのお楽しみは、動物公園に決まった。ぼくたちのテンションはかなり下がった。

結局、合唱コンクールでは賞を獲れなかったけど、バカでかいホールで思う存分歌えて、気持ち良かった。

動物公園も、思ったより悪くなかった。ペンギンも見れたし、動物との距離が近いのが嬉しかった。ドリームワールドも、アトラクションはかなり物足りなかったけど、観覧車は楽しかった。

疲れ知らずのぼくたちは、ウキウキ気分のままバスに乗り、大阪への帰途についた。

一番楽しかったのは、このバスの中だった。合唱部が乗っているのだ。やることは決まっている。ぼくたちは、運転手さんとバスガイドさんの迷惑もかえりみず、流れる景色を見ながら歌いまくった。

幸せなひと時は、突然終わりを告げた。

東名高速のインターチェンジで、ボストンバッグを持った一人の男がバスに乗り込んできた。トイレ休憩を終えていたぼくたちは、キョトンとした。

「誰や？　あの人？」

「バスを間違えはったんちゃう？」

男の異様な空気に、ぼくの隣に座っていた直一郎が気づいた。「アイツ、何かおかしいぞ」

作業服を着た男だった。四十代前半で、目が異常なほど血走っている。目の下のクマも凄い。頬の肉がげっそりと落ち、マンガに出てくる怪人のようだ。

男は、落ち着きのない様子で、窓からバスの外を窺《うかが》っている。

「あの……どうかなさいました？」バスガイドが、男に訊いた。

男は返事の代わりに、ボストンバッグから黒い鉄の塊を取り出した。

「拳銃や……」直一郎が、呟いた。

「ドアを閉めろ」

男が、紫色の唇をゆっくりと動かした。

「まだ、トイレから戻ってきていない子供もいるんで――」

説明しようとしたバスガイドを、男が拳銃で殴りつけた。

生徒たちの悲鳴が上がった。

「早く、閉めろ」

男が運転手の頭に銃を突きつけた。運転手が慌ててドアを閉める。

「責任者はどいつだ？」

「私よ」

母さんが、立ち上がった。

それだけで、ぼくは泣きそうになった。今、目の前で恐ろしいことが起こっている。バスの中の全員が凍りついた。

「一度しか言わない」

男が、拳銃を母さんに向けた。

「はい」母さんが、しっかりとした声で頷いた。男の顔を睨みつけているが、恐怖で歯を鳴らしている。

母さんの席は、運転席の後ろの一列目。ぼくと直一郎の席は、二列目だった。

「学校の先生か？」男がさらに銃口を母さんに近づける。

「はい」母さんの返事は、さっきよりも小さかった。声も震えている。

「ガキどもを静かにさせろ。絶対に喋《しゃべ》らすな。一言もだ」

「わかりました」

「この銃には、弾《たま》が五発残っている。この意味がわかるな？」

「……わかりません」

「もし、ガキどもが騒ぎ出したら、四人殺す。一発は、俺用だ。もともと助かろうとは思っちゃいねぇ。いいな？」

「……はい」

母さんの目から、涙がこぼれた。

「ググッ……」

隣の直一郎が低く唸った。今にも、男に飛びかかりそうな勢いだ。

母さんが振り返り、ぼくたちを見た。一瞬で涙は止まっていた。

安心して。母さんに任せて。テレパシーのように、母さんの言葉が聞こえた。

「みんな、怖がらなくてもいいから。大丈夫だからね。先生のお願いを聞いて」

泣いている子もいたが、みんな母さんの顔を見て頷いた。

「すぐに終わるからね。目を閉じて、心の中で歌おう。声を出さなくても、合唱はできるやろ？」

もう一度、みんなが頷いた。誰も泣いてはいなかった。

「さあ、奇跡を起こすで！」

母さんは、練習の時と一緒のテンションで叫んだ。

さっそく、奇跡が起きた。ぼくたちの耳に、母さんのピアノの前奏が聞こえてきたのだ！

ぼくたちは、目を閉じて歌った。心の中で、大合唱をした。それは、全国大会よりもいいデキだった。


「みんな、歌うのをやめて！」

母さんの声に、ぼくたちは心の中で歌うのをやめ、目を開けた。

「今から、先生の言うとおりに動いてね」

いつの間にか、バスの周りを無数のパトカーと警官たちが囲んでいた。

「後ろの席の人から、ゆっくりとバスを降りて。慌てたらアカンよ。絶対、走ったらアカンで」

ぼくと直一郎は、顔を見合わせた。どういうことだろう？　助かるの？

しかし、男は相変わらず、銃口を母さんに向けたままだ。

生徒たちが、後ろの席からバスを降りて行った。みんな、降りる時に、不安そうに母さんの顔を見た。そのたびに、母さんは一人一人に笑いかけた。

四列目、三列目が降り、残る生徒は、ぼくと直一郎だけになった。

「母さんも降りるの？」「降りるんだよね？」ぼくと直一郎が、思わず口を開いてしまった。

男が、銃口をぼくたちに向ける。「母さんだと？　どういうことだ、おい」

「私の息子なんです」

「二人ともか？」

「はい……」

「ふ～ん」男が、ニヤつきながら、ぼくたちと母さんの顔を見比べた。

「オマエらの母ちゃんはエライぞ～。自分一人だけが残るから、生徒たちを助けてくださいだってさ。泣けるよな～。熱血だよな～」

男が、歯グキを剝き出しにして笑った。

「おれらも残る。母さんを一人にしない」

直一郎の言葉に、ぼくも頷いた。

「お願いやから、母さんの言うこと聞いて。アンタたちも早く降りて」

「嫌や！」

ぼくたちは、同時に叫んだ。

「困らせんとって！」

母さんの目から、涙がこぼれた。

「嫌や！　嫌や！」

ぼくらも泣いた。我慢してた分、ビックリするくらい涙が溢れてきた。

「静かにしろ」男が、母さんの後頭部に銃口をつけた。「母ちゃんの脳みそが飛び散るぞ」

母さんが、目を閉じ、歯を食いしばる。ぼくたちは、同時に涙を止めた。

「オマエらも残れ」

男が、母さんの頭から銃を離した。

「そんな……」

「退屈しのぎに、素晴らしい親子愛を見せてくれよ。ヘリが来るまで、たっぷりと時間はあるからな」

ぼくと直一郎は、母さんに抱きついた。怖かったけど、嬉しかった。何よりも、母さんと離れることが恐ろしかった。

「アホやなアンタら……」母さんが、小さい声で言った。

3　十年前　大二郎の回想（三）

「オマエら、小学生か？」

男が、タバコに火を点けながら、ぼくたちに訊いてきた。

ぼくと直一郎は、男の顔を睨みつけ、返事をしなかった。

「何年生だ？」男が、続けて訊いた。

「上の子が六年生。下の子が五年生よ」

母さんが代わりに答える。ぼくたちの反抗的な態度で、男を刺激するのがヤバいと思ったのだろう。

「どっちが上だ？」男が、ぼくと直一郎の顔を交互に見た。

「おれや」直一郎が無愛想に答える。

「名前は？」男が、タバコの煙を鼻から力なく出した。疲れきった様子だ。

直一郎が、答えていいものかと母さんを見る。母さんはコクリと頷いた。

「赤松直一郎」

「オマエは？」今度はぼくに訊いた。

「赤松大二郎」

ぼくも、直一郎に負けないくらい愛想悪く答えてやった。

「大二郎か。カッコイイ名前だな」

お前に褒められても、全然嬉しくないわ！　そう言ってやりたかった。

ぼくたちは、母さんを挟んで二列目に座っていた。男は前の席から身を乗り出して、こっちに銃を向けて話しかけてくる。窓のカーテンを閉めているので、外の様子はわからない。

「俺の名前は、サカモトって言うんだ。よろしくな」

男が笑いかけてきたのでビックリした。頭がおかしくなったとしか思えない。

「子供はこの二人だけか？」男が母さんに訊いた。

「そうよ」

「やんちゃそうだな」

「まあね」母さんが、肩をすくめて答える。

「息子が二人か。羨《うらや》ましいな」

何だか、男の表情が最初とだいぶ変わってきた。少しリラックスしているように見える。

「サカモトさんは、子供はおらへんの？」

いきなり、母さんの方から男に質問したのでドキッとした。しかも、名前に〝さん〟づけで。

直一郎も目を丸くして、母さんの顔を見た。

男が首を横に振った。

「結婚は？」母さんが質問を続ける。

話をすることで、男を落ち着かせようとしているのだろう。ぼくも、さっきよりは怖くなってきた。

「ちょうど今年で十五年目だ」

「奥さんどんな人？」

「俺にはもったいないぐらい、いい女だ。ヒトミって名前なんだ。仁義の仁に、美しいと書いて仁美。大人しくて、控えめで、ガンコだ。俺がどれだけ、味噌汁にジャガイモを入れないでくれと言っても、毎回入れた。子供ができなかったから、飼っていた猫をとても可愛がった。猫の名前は、ティファニーとローマ。仁美は、オードリー・ヘップバーンが大好きで、《ティファニーで朝食を》と《ローマの休日》から取ったんだ。ティファニーはまだしも、ローマはないだろうと俺が言っても、『カワイイからいいの』って聞かなかった。泣き虫で、意味もないのによく泣いていた。どうしたと訊いても、『何でもないの』と理由を言わない。

俺といるのが嫌なのか、って訊いても首を振る。じゃあ、幸せなのか、って訊いたら頷いてまた泣くんだ」

「素敵な女の人ね」

「昨日、死んだよ」

「えっ……」

母さんは、何かを言おうとしたが、言葉が出てこなかった。

「仁美の方から、整形したいと言ってきたんだ。最初、俺は反対した。ありのままでいて欲しかったんだ。別に妻が年老いていくのも悪くないと思ってたんだ。でも、アイツは、絶対に整形すると言って聞かなかった。ガンコなんだ。俺のためにキレイになりたいんだって言ってくれた。照れ臭かったけど、嬉しかった。目尻のシワと、ちょこっとアゴを削るだけの手術だったのに……誰が死ぬなんて思う？」

「……医療ミスなの？」

「麻酔に失敗したんだよ。あいつらは認めないけどな」

「あいつらって？」

「仁科クリニックの奴らだ」男が吐き捨てるように言った。

母さんが、ぼくと直一郎の手を強く握った。

この男は本気だ。捨て身でバスジャックをしている。

「俺が止めるべきだった。整形なんか、やらすんじゃなかった」

男の顔が真っ赤になり、額に太い血管が浮き上がる。息を止めて、妻が死んだことを絶対に信じないと必死に抵抗しているようだった。

「それで、銃を持って何したの？」

「仁科クリニックの院長を誘拐しようとしたんだ」

「そんなことしてどうすんねん？　亡くなった仁美さんが喜ぶとでも思ってるの？」母さんが生徒を叱るように言った。

「ただ謝って欲しかったんだ……。仁美を殺したことを認めて欲しかったんだ……」男が、顔を歪《ゆが》めた。

「院長はどこ？」

「誘拐できなかった。病院にいなかったんだ。銃を見た看護婦の悲鳴で、俺は頭の中が真っ白になって……看護婦を拉致《らち》して車に乗せたんだ」

「その看護婦は、どこにいるの？」母さんの顔からは、恐怖の色は消えていた。

「このインターチェンジでガソリンを入れている時に逃げられた。追いかけようとしたら、パトカーが見えて……」

「思わず、このバスに飛び込んできたってわけやね？」

男が頷き、母さんは大きく息を吐いた。

「おっちゃん、可哀相やな」

直一郎の言葉に、男が泣き出した。

母さんが、ぼくと直一郎の顔を交互に見た。もう、安心してもええよ。母さんの目は、そう言っていた。

「直一郎、大二郎。このおっちゃんを許してあげられるか？」母さんが、いつもの口調で言った。

「うん」ぼくたちも、いつものように元気良く答えた。

「ほら、サカモトさん。この子たちも許してくれたよ」

母さんが、男の肩に優しく手を置いた。銃を持っている腕側の肩に。

「スイマセン……でした」

男の全身から、力が抜けた。ぼくたちは、助かったと確信した。

「サカモトさん、堂々と自首したらいいねん。胸張って、このバスから出て行き。確かに、サカモトさんのしたことは許されることじゃないけど、これで世間が注目してくれるから、奥さんを殺した美容整形の院長を逆に訴えたらいいねん。きっと世間は同情してくれるはずよ」

「はい……」

母さんが、男の肩を叩いた。「私たちもマスコミに証言したるからな。『バスジャックの犯人は、意外といい人でした』って」

母さんの冗談に、男が少しだけ笑った。

「おれら、テレビに出れんの？　有名人になったらどうしよう！」と、直一郎がおどけてみせる。

「直一郎！　アンタはいらんこと言わんとき！」

母さんが、直一郎のオデコを叩いた。

「痛ってえ」直一郎が、大げさにオデコを押さえた。

「ハハハ。叩かれよった！」

ぼくは、直一郎をおちょくるように笑った。本当は、母さんとぼくたちの命が助かった喜びの方が大きかった。

「うるさいわ！　大二郎は黙っとけ！」直一郎が、ぼくを摑もうとして手を伸ばす。

「やめなさい！」

母さんが、直一郎の手をつねり上げた。

「イテイテ！　ごめんなさい！」

母さんも直一郎も、笑っていた。二人とも助かって嬉しいのだ。

「仲がいい兄弟ですね」男までもが笑った。

「二人とも悪ガキで困ってんの」

母さんが両腕をぼくたちの首に回して、自分の胸に抱き寄せた。

「俺たち夫婦も息子が欲しかったなぁ」男が哀しそうに笑って、立ち上がった。「自首します」

「頑張るんやで」

母さんは、男の前に手を出した。

男は、母さんの手に銃を置き、ぼくたちに深々と頭を下げた。

「この拳銃……えらい軽い」母さんが、驚いて言った。

「そうなんです。モデルガンなんです」

男は清々《すがすが》しい顔で微笑み、両手を上げてバスの降り口へと歩いて行った。

「アンタら、よう頑張ったね」母さんがぼくたちの頭を撫で、交互にオデコにキスしてきた。

父さんとの毎朝の儀式を思い出して、何だかくすぐったい気持ちになった。

——まだ、終わっていなかった。

ターンと乾いた音が聞こえた。続いて、バスのフロントガラスが割れた。

警官が発砲したと、すぐにわかった。

「ひいっ」男が、頭を抱えてその場にしゃがみ込んだ。

「撃ったらアカン！　この人、自首するんやで！」

母さんが大声で叫び、席から腰を浮かせた。

ターン。

ピシッ。

発砲音とフロントガラスの割れる音のあと、ぼくの耳に、空気を鋭く切り裂く音が聞こえた。

「ひゅう」

母さんの口から、息が洩れた。

「母さん！」

立ち上がろうとするぼくたちを、母さんが押さえつける。

ドクドクと、母さんのノドから、血が溢れ出してきた。

ぼくと直一郎は、母さんのノドに手を当てて、何とか血を止めようとした。でも、止まらなかった。真っ赤で温かい血が、ぼくと直一郎の指の隙間《すきま》から容赦なく溢れ出ていった。

「アカン！　止まれ！　止まれよ！」

ぼくたちは、狂ったように泣き叫び、両手で母さんの傷を塞《ふさ》ごうとした。でも、小さな四つの手のひらでは、どうすることもできなかった。

「ひゃいひゃら、ひゃはん」

母さんは、ぼくたちに〝泣いたらアカン〟と言った。

「ひょうひゃんぎゃ、ひつも、ひってるひゃろ」

〝父さんが、いつも、言ってるやろ〟と言った。

母さんは、口からもゴボゴボと血が溢れ出るのもかまわず、言葉を続けようとした。

「母さん！　もう、喋ったらアカン！」

「喋らんとって！」

必死にお願いするぼくたちの手を、母さんは震える手で握りしめた。

「わかってる！　母さんが何を言いたいか、わかってるから！　なあ、大二郎？」

ぼくは、父さんの顔を思い出し、今までで一番ヤセ我慢した。ここに父さんはいない。ぼくたちが、母さんを助けなアカン。

「母さん、約束するで。ぼくらは、どんな時もロマンチックに生きる」

母さんは、ぼくの言葉を聞いて、嬉しそうに笑った。そして、眠るように目を閉じた。

ぼくたちは、ケモノのように哭《な》いた。

次の瞬間、警官たちがバスになだれ込んで来た。

4　十年前　大二郎の回想（四）

母さんは死ななかった。

「ラッキーだよ。おれたち家族はラッキーだ。母さんは、まだ生きているんだから！」

病室で父さんに抱きしめられても、ぼくたちはちっとも嬉しくなかった。

まだ生きている――。

生かされているだけだった。

母さんの体からは何本ものチューブが伸び、冷たくて変な機械につながれていた。「遷延《せんえん》性意識障害です」と、お医者さんが、ベッドの母さんを見もせずに言った。「いわゆる植物状態というものです。最善を尽くしましたが、一時間以上も脳に酸素が行かなかったため――」

「嘘つけ！　お前の医療ミスとちゃうんか！」

話の途中で直一郎がキレ、医者に摑みかかった。

「やめろ！　直一郎！　この人たちは何も悪くない！」父さんが、直一郎を医者から引き離す。

「じゃあ、誰に怒ったらええねん！」直一郎が、泣きながら怒鳴った。

直一郎の言うとおりだ。

誰が、母さんをこんな姿にした？

ぼくは胸の奥で、ドス黒くて熱い、ドロドロとしたものを感じた。こんな気持ちは生まれて初めてだった。

「兄ちゃん、母さんとの約束を忘れたらアカン」

ぼくは、気持ちを抑え、興奮している直一郎をなだめた。

「わかってるわ！」

直一郎は背中を丸め、病室を飛び出して行った。

母さんを大阪市内の病院へ移し、ぼくたちはサニータウンから引っ越しした。母さんのいる市内の病院の近くに住むためだ。

父さんは仕事を変え、トラックの運転手になった。サラリーマンの給料では、母さんの医療費が払っていけないからだ。トラックなら、乗れば乗るほど稼げる。父さんは、前と比べものにならないくらいに忙しくなり、ぼくと直一郎は二人で過ごす時間が長くなった。

たまに父さんに会っても、仕事で疲れて、とてもぼくたちの相手をできる状態ではなかった。ぼくたちに生活費を渡して、布団の上に倒れる日々が続いた。

母さんとの約束を守る。それが、ぼくたち兄弟の合言葉だった。

いつ、母さんが目を覚ますかわからない。いつまでも暗く落ち込んでる場合ではないのだ。


ぼくたちは、新しい学校へ転校した。

西淀川区の工業地帯の下町に学校はあった。決して栄えている街ではないが、サニータウンと比べると、はるかに都会だった。もちろん生徒数も多く、ヤンチャな子供も多かった。暴走族の兄を持つ奴や、ヤクザを父に持つ奴もザラにいた。

ぼくたちは、まるでピラニアの池に放り込まれた二匹の金魚みたいなものだった。

転校初日、さっそくぼくたちは、体育館の裏に呼び出された。

「門田クン、連れてきたで」

門田クンは、十人ほどの仲間に囲まれて、ヨーヨーをしながら待っていた。デカい。身長も体重も六年生とは思えない。なるほど、これなら同級生にクン付けで呼ばれるわけだ。

「オマエら、兄弟け？　名前、何ていうねん？」

門田クンが、大人のような低い声で訊いてきた。太い首の上に、丸坊主で岩のような顔が載っかっている。ヨーヨーをしていなかったら、完全にオッサンだ。

「はよ、答えろや！」

子分の一人が、直一郎の肩を小突いた。まともにケンカなんかしたことのないぼくは、それだけで膝が震え、オシッコが洩れそうになった。

「赤松直一郎。コイツは、弟の大二郎じゃ」

直一郎は、胸を張って言った。こんな大ピンチでも一歩も退《ひ》いていない。

門田クンは、毛虫のような眉毛を上げ、ヨーヨーをやめた。直一郎が少しもビビッていないことに驚いたようだ。

直一郎は、運動神経がいいといっても体は小さい。どちらかと言うと、チビの方だ。

「門田クンのお父さん、ミナミでヤクザの組長やっててんねんぞ！　バリバリやねんぞ！」と、子分が吠える。

「それがどうしてん。おれのお父さんなんか、ＦＢＩやねんぞ」直一郎が、顔色一つ変えず、とんでもない嘘を言った。

ボコボコにされるに決まっている。ぼくは泣きそうになった。

しかし、少年たちにＦＢＩという単語は、思ったより効果があった。

「門田クン、ＦＢＩって何？　聞いたことあるけど」一番バカそうな子分が訊いた。

「オレが知っているわけないやろ！　聞いたことないわ」門田クンが怒鳴る。どうやら、この中で一番バカなのは門田クンのようだ。

「アメリカの警察ちゃうん？　こないだテレビでやってたで」

一番賢そうな子分の意見に、少年たちはざわついた。

「FBIって強いんか？」

「そら、強いやろ！　アメリカは世界で一番戦争が強いねんど！」

「ツトム、そのテレビって、どんな番組やねん？」

「UFOの番組やった。CIAも出てきとったで」ツトムと呼ばれた子分が得意げに言った。

少年たちのざわめきが、一際大きくなる。

「CIAって強いんか？」

「っていうか、FBIとどう違うねん？」

「ジャッキー・チェンが映画でFBIやってなかったっけ？」

「アホ！　あれは、香港国際警察じゃ」

「香港であれだけ強いねんから、FBIってメッチャ強いんちゃうか？」

「ハッタリに決まってるやんけ！」黙って聞いていた門田クンが、とうとうキレた。

少年たちが、一斉にピタッと口を閉じた。

「赤松ぅ。ええ度胸しとるやんけ」

門田クンが、直一郎の胸ぐらを摑んだ。

もうダメだ。殴られる。ぼくは、チョビッとだけオシッコを洩らしてしまった。

「ハッタリと違うで。おれの父さんは、ＦＢＩの大阪支局で働いてるねん」この期《ご》に及んで、直一郎はまだ嘘をつき続けた。

「お、大阪支局？」門田クンが眉をひそめる。

「今日も、ヘリで九州まで行ってるで」

トラックだって！　九州は合ってるけど。

「テキサスでＵＦＯが見つかったってホンマなん？」ツトムが、興味津々の顔で訊いてきた。

他の少年たちも、身を乗り出す。

「誰にも言うたらアカンで」

直一郎が、声を潜めて言った。完全に、直一郎のペースだ。

「宇宙人はおる。ケネディ大統領が暗殺されたのも、宇宙人の陰謀やねん」

オォーと少年たちがどよめいた。

「やっぱり、おったんや！」

「小さい宇宙人の写真見たことあるもん！」

「二人の人間に挟まれて手をつないでる写真やろ？」

「さらわれて、鼻の下にマイクロチップを入れられた人間もおるねんで！」

しかし、門田クンだけは信じなかった。

「明日までに、宇宙人がおるって証拠を持って来いや。持って来んかったら、どうなるかわかってるやろな」


「兄ちゃん、どうする気やねん！」

学校からの帰り道、ぼくは直一郎に言った。

「ロマンチックに切り抜けたやろ？」直一郎が、嬉しそうに答える。

「どこがやねん！」

とりあえずは殴られなかったけど、このままでは明日ギタギタにされてしまう。

「手に入れるしかないな」

「何をやねん？」

「宇宙人の証拠」直一郎が、ふざけているのか真剣なのかわからない顔で言った。

「どうやって？」

「それを今から考えよう」

ダメだ。明日、学校を休もう。いや、父さんに頼んで転校させてもらおう。

「お、UFOが落ちてるやん」

突然、直一郎が、空き地の前で足を止めた。

「は？　どこに落ちてるねん？」

「ホラ、あそこ」

直一郎が、空き地の端に転がっている古タイヤを指した。


次の日、ぼくたちは、またもや体育館裏に呼び出された。

噂が広まったのか、昨日の倍以上の少年たちが集まっていた。

「門田クン、赤松兄弟が来よったで！」

全員が待ってましたとばかりに、ぼくたちを一斉に見た。

「ちゃんとした証拠、持って来たんやろな？　しょーもない証拠やったら、承知せえへんからのぅ」

門田クンが、ズボンのポケットからヒモのような物を取り出した。てっきり、またヨーヨーだと思ったが、細長いチェーンだった。

よく見ると、他の少年たちもコーラの瓶や、彫刻刀やレンガやらビミョーな武器を手にしている。

直一郎は、ひるむことなく一枚の写真を出して、門田クンに渡した。

少年たちが、砂糖に群がるアリのようにワッと門田クンを囲んだ。

「な、何やねん、この写真は！」門田クンが怒りで声を震わせた。

「見てのとおりＵＦＯやで」直一郎が、自信たっぷりに言った。

その写真には、タイヤのホイールが写っていた。ぼくがホイールを公園のジャングルジムから放り投げ、直一郎が父さんのカメラで撮った物だ。

「どこがやねん！」

そこに居た少年たち全員が、写真にツッコミを入れた。

ぼくの予想どおりだ。

「これ、タイヤのホイールちゃうんか？」

バレるのに、十秒もかからなかった。

「ヤベ……ハハハ、やっぱ、それじゃダメ？」

直一郎が笑ってごまかす。

門田クンが、無言で写真を破いた。顔を真っ赤にして、仁王のように怒っている。とても小学六年生の顔面とは思えない。

「お前ら、かわいがったれ！」セリフも、小六とは思えない。

門田クンの合図で、少年たちが同時に武器をザッと構えた。

「みゃー！」

なんと、直一郎の方から、奇声を上げて門田クンに突っ込んでいた。パニックで頭がおかしくなったのか？

「フンッ！」門田クンは全く動じず、ゴリラのような手で直一郎の前髪をガシッと掴んだ。

次の瞬間、門田クンの膝が、直一郎のみぞおちにめり込む。

「ゲボッ！」

直一郎が、見事なやられっぷりで、後方に吹っ飛んだ。

どうしよう！　リンチが始まる！

ぼくは何とかしようとしたが、両足が巨大な磁石にくっついたように動けない。

「写真を……」直一郎が懲りずに口を開いた。

「写真はもうええっちゅうに！」

門田クンが、激怒してチェーンを振り回した。

「君の胸ポケットに入っている写真を……見てや」

直一郎が、ツトムと呼ばれていた少年を指した。

「へ？　オレ？」ツトムが、ネズミのような顔をキョトンとさせる。

「胸ポケットの中に……写真があるやろ」直一郎が、苦しそうに上半身を起こした。

ぼく以外の視線が、ツトムに集中する。

何を企《たくら》んでるんだよ！

いいから、任せとけって。ビビッているぼくに、直一郎がこっそりとウィンクを送ってきた。

「写真なんてあるわけ――」ツトムが、着ているチェックのシャツの胸ポケットを覗《のぞ》いて愕然とする。「何で入ってんねん！」

ツトムが、真っ青な顔で写真を取り出した。

少年たちの口が、面白いように次々とポカンと開いていく。

「か、門田クン！」ツトムが、泣きそうな顔で写真を渡した。

「ど、どないしてん？」門田クンが、戸惑いながら写真を受け取った。

写真を見た門田クンの顔が、みるみる紫色に変色した。

「そんな……アホな」

門田クンの手から、写真が落ちる。

さっきと同じ、ニセモノＵＦＯの写真。いや、一カ所だけ違う。マジックで文字が書かれていた。

《門田は、まず膝蹴りをする》

ぼくも門田クンも、その場にいる全員の目が点になった。

直一郎が、服についた砂を払って立ち上がった。

またもや、直一郎の独壇場だ。

「本物のＵＦＯの写真は、ＦＢＩの資料室に保管されてるから、持ち出し禁止やねん。今日のところは、これで勘弁してや」

「何でわかってん？　一体、どうやってん！」

門田クンが、化け物でも見るような目で直一郎を見た。

直一郎は、まるでベテランのマジシャンのように、仰々しく両手を広げて言った。

「オレにもわからん。宇宙人がやったことやから」

結局、ぼくたちは、ボコボコにされずにすんだ。

『今日のところは許したるわ』

門田クンは気味悪がって、少年たちを引き連れて帰ったのである。

「危機一髪やったな〜」直一郎が、やれやれといった感じで腰を下ろす。「さすがに膝蹴りは効いたけど」

ぼくたちは、木陰に入り体育館の壁に背中をもたせかけて、並んで座った。

体育館の中から、バスケットボールをドリブルする音が聞こえてくる。ヒンヤリとした風が流れてきて、ぼくたちを冷やした。

「一体、どうやったんだよ？　なあ、教えてや」

納得のいっていないぼくは、門田クンと同じ言葉で直一郎を問い詰めた。

「簡単なことやって」

風が木陰を揺らし、直一郎の顔が夕日のオレンジ色に照らされた。

「ツトムが言うには、門田はケンカの先制攻撃のほとんどが、膝蹴り、パンチ、ローキックの三つに絞られるねんて。だから、あらかじめツトムの胸ポケットに膝蹴り。ズボンの右ポケットにパンチ。左ポケットにはローキックをすると書いた〝予言写真〟を入れてもらっててん」

「……ツトムとグルやったんか？」

「まあ、そういうこっちゃ。門田がチェーン出した時は、どうしようかと思ったけどな」

直一郎が、舌を出した。

よくあの状況で、そこまで頭が回ったものだ。わが兄ながら、恐ろしい男だ。

「さてと。次は、コレを渡しに行かな」

直一郎が、ランドセルの中から、一枚の封筒を取り出した。ハートのシールが目立つように貼ってある。

「ラブレターか？」

「そうやねん」直一郎が面倒臭そうに答える。

「誰に渡すねん」

「ツトムの好きな人。あいつの代わりにな」

なるほど。それで、買収したってわけね。

5　十年前　大二郎の回想（五）

父さんが事故を起こした。

居眠り運転だった。母さんの入院費用を少しでも稼ごうとして、頑張り過ぎたのが原因だった。

意識不明が三日間も続いた。その間、ぼくと直一郎は、父さんに必死に話しかけた。両親共が植物状態なんてシャレにならない。こんな不幸な兄弟が他にいるのだろうか？　特に直一郎は、門田クンとの一件を何度も何度も話した。目を閉じている父さんに、ニセＵＦＯの写真を見せたりもした。

「なあ、大二郎！　父さんのことをＦＢＩって言った時のアイツらの顔、めっちゃ面白かったやんな！」

「うん！」

「その門田って奴、ヤクザの組長の息子やねんけど、全然大したことなかったで！　なあ、大二郎！」

「うん！」

直一郎はずっと喋り続け、ぼくは何百回も「うん！」と言った。

四日後、父さんは意識を取り戻した。

「ＦＢＩの仕事に行かなきゃ」それが、父さんの第一声だった。

「おれたちの声、聞こえてたの？」

直一郎は、嬉しさのあまり、ベッドの上に飛び乗った。

「もちろんだ。全部、聞いてたよ。父さんを起こしてくれてサンキューな」

父さんは、ぼくたちを痛いくらい強く抱きしめた。

思ったよりも早く、父さんは一カ月後に退院した。

その夜の晩ご飯は、中華の出前だった。母さんが植物状態になってから、ぼくたち家族の食事はほとんど外食か出前でまかなわれていた。中華を頼む時は、近所の『上海亭』と決めている。夜遅くまでやっているし、ギョーザと春巻きがバツグンに美味しいからだ。

父さんは、食べかけのギョーザを小皿に置き、ぼくたちの顔をジッと見て言った。

「父さんなぁ、母さんの仇《かたき》を討とうと思うんだけど」

ノンビリとした口調だったけど、目は本気だった。薄暗いキッチンで、夜行性の動物のように光っていた。新しい家は、電気をつけてもどこもかしこも暗い。エレベーターもないボロボロの団地だ。サニータウンの一戸建ては、いつも日の光が射し込んで眩《まぶ》しく輝いていたのに。

「事故を起こして、電柱にぶつかるまでの間、頭の中がスローモーションになった。母さんの顔が浮かんだ。もちろん、お前たちの顔もだ。そして、次に考えたのが、母さんをあんな姿にしたのは、誰が一番悪いのかってことだ。もちろん、バスジャックの犯人は悪いし、銃を撃ってしまった警官も憎い。だけど、諸悪の根源は、犯人の奥さんを医療ミスで殺した美容整形の医者だと思うんだ。お前たちはどう思う？」

ぼくと直一郎は、酢豚を食べる手を止め頷いた。

誰が一番悪いのか。

ぼくたちも、そのことをずっと考えていた。

父さんが、テーブルの上にパンフレットを置いた。

《永遠の美しさをあなたに　仁科クリニック》

表紙には、銀ぶちの眼鏡をかけた、白髪の紳士がにこやかに笑顔を浮かべている。年は、五十代半ばといったところか。

《院長　仁科　真》

胸がムカついてきた。ギョーザも八宝菜も麻婆豆腐も全部吐き出したくなった。

「父さんは、この人に謝って欲しい。医療ミスを認めて、母さんと犯人の奥さんに謝って欲しいんだ」

急に、直一郎がガタガタと震え出した。きっと、あの時のことを思い出して、必死で怒りを抑えているに違いない。

「父さんは、明日、荷物を千葉まで運ぶんだ」父さんは両手を伸ばし、ぼくと直一郎の手の上にそっと置いた。「お前たちもついて来るか？」

ぼくたちは、もう一度、大きく頷いた。

次の日の夕方、ぼくたち三人は千葉に着いた。

仁科クリニックは、すぐに見つかった。仁科クリニックの自社ビルは、駅から少し離れた国道沿いにそびえ立っていた。まわりには、それほど高い建物はなく、まるで街を見下ろしている巨人に見えた。

ぼくと直一郎はビルを見上げ、踏み潰されそうな錯覚に、目眩《めまい》がした。

「まともにいっても、門前払いを喰らうだけだな」

父さんは、アゴの無精ヒゲを掻き、独り言のように呟いた。トラックの運転手になって、父さんはかなりキャラが変わった。七三分けの髪は角刈りになり、腕も太くなった。こんがりと日焼けした肌と、作業服姿の父さんに、サラリーマン時代の面影《おもかげ》はなかった。だけど、ぼくは、そんな逞《たくま》しくなった父さんを少し気に入っていた。

「院長が現れるまで、トラックで待つか」

ぼくたちも父さんの意見に賛成だった。相手がまともに謝ってくれるとは思えない。

父さんとぼくたちは、コンビニで買い物をしてトラックに戻った。

病院の向かい側にトラックを停め、ぼくたちは張り込みを開始した。

「どうやって、院長に謝らせる気なん？」

直一郎が、納豆巻きを頬張りながら、父さんに訊いた。

「何か弱みでも握るしかないな」

父さんも、納豆巻きを頬張りながら答えた。もちろん、ぼくも納豆巻きだ。

あんな事件があったにもかかわらず、病院は大繁盛していた。次から次へと、胸が大きい女の人や、やたらと鼻の高い女の人が、病院を出たり入ったりしている。みんな、キレイな女の人ばかりだ。

「どんだけ、改造人間がおるねん」女の人が病院の自動ドアを通るたびに、直一郎がからかった。

「それだけ、宇宙人の数が多いってことだ」

父さんの冗談に、ぼくたちはゲラゲラと笑った。

「何がおかしいんだ。深刻な問題じゃないか。気づかないうちに、人類に宇宙人が紛れ込んでいってるんだぞ！」父さんが怒鳴った。冗談を言っている顔じゃない。「我々、ＦＢＩは、この仁科クリニックが、宇宙人たちを人間の姿に変えていることを突き止めたのだ」

ぼくと直一郎は、ギョッとして顔を見合わせた。

父さんの頭がおかしくなってしまった？　事故で頭を打ったせいで？

ぼくたちは、怖くて、それ以上父さんに何も訊けなかった。

五時間経っても、仁科院長は現れなかった。時間は夜の九時を過ぎ、クリニックの診療時間も終わってしまった。

「院長め……火星に逃げ帰ったのか」

父さんは舌打ちをして、トラックのエンジンをかけた。

帰り道、父さんはずっと無言だった。フーバーＦＢＩ長官と携帯電話で話す以外は。

次の週、父さんは、精神病院に入院した。

二〇〇三年　八月

6　五年前　銀次の回想（一）

　ったく、嫌になるねえ。こうも暑いと。温暖化だか、なんだか知んねえが、地球は、どうなっちまうんだろうね。

　俺の名前は、銀次って言うんだ。ひと昔前は、〝仕立屋銀次〟って、ずいぶんと偉そうな通り名があったが、今は誰もそう呼ばねえ。まあ、俺のことを知っている奴の大半が、あの世に逝っちまったんだけどね。近所のガキどもが呼んでいる、〝銀爺〟の方が気楽でいいやね。

　早く家に帰って、風呂に入って、冷や奴《やっこ》でビールをグイッとやりてえよ。いや、こんなジメジメとした夜は、キリッと冷やした冷酒の方がいいかな。

　さてと。どうやって忍び込むか。

　俺は、屋敷の塀を見上げた。

高けえな。こんな老人にムチャやらせやがって。登れるわけねえだろうが。

俺は塀を諦めて、屋敷の周りをグルッと一周した。玄関まで辿《たど》り着く。表札には《仁科》の文字。

ふん。立派な屋敷だねえ。あくどい商売で稼ぎやがってよぉ。見えるだけで、防犯カメラが七つ。堅気《かたぎ》にしちゃ多過ぎる数だ。自分で、悪人ですと宣言してるってことに気づかないのかねぇ。

俺は、車まで戻り、携帯電話をかけることにした。

案の定、かけることができない。チクショウ！　ユーザーホルダーって何だ？　ややこし過ぎるったらありゃしねえ！

去年まで、仕事のやりとりは公衆電話を使っていた。死んでも携帯なんて持つものかと突っ張っていたが、諦めた。余りにも街に公衆電話が無さ過ぎる。つい、先月、迷いに迷って、購入したのだ。これも、時代の流れってやつか。

十分ほど携帯をいじくり回して、やっと電話をかけることができた。

『銀次さん……今、何時だと思ってんだよ？』

寝ぼけた声で、〝依頼人〟が出た。依頼人は、ルポライターだか何だかよくわかんねえ商売の男だ。《仁科クリニック》の悪行を暴きたいらしい。

「もう一度、確認したいと思ってね」俺は、バックミラーで鼻毛を抜きながら言った。

『何を？』依頼人が、アクビまじりの声で答える。

「仁科クリニックがヤクの密輸に絡んでるってのは、間違いねえんだな？」

『ああ。信頼できる筋の情報だ。アンタ、今どこにいるんだ？』

「仁科院長の屋敷の前さ」

『な、何をする気だ？』どうやら、目が覚めたらしい。

「決まってんだろう。今から、忍び込むんだよ。イテッ」太くて長い鼻毛が抜けた。

『正気か？』

「しょうがねえだろ。病院には、何の証拠もなかったんだからよ」

俺は、ここ数年前から探偵のマネごとみたいなことをやっていた。スリよりも割が良くて、稼げるからだ。

依頼人が望むものを盗る。スリの技術を活かした仕事だ。

『もし、捕まってもオレの名前は――』

「出さねえよ」俺は、電話を切った。屋敷には誰もいない――はずだ。昨日から、家族でヨーロッパに旅行に行ってやがる。『コート・ダジュールに行くんですって。羨ましいですよね～』と、クリニックの受付の女がウットリとして言っていた。

ジャージを着てきて正解だったな。これなら、ウォーキング中の老人に見えるだろう。

さあ、どうやって侵入してやろうか。ん？　何だ、ありゃ？

俺は、目を疑った。屋敷の塀の上に、先客がいるではないか。しかも、二人も。ここからはよく見えねえが、若い男たちだ。

俺は、車を音もなく飛び出して、二人へと向かった。

冗談じゃねえぞ。人の仕事を奪うたぁ、どういう了見だ。追っ払ってやる。

二人は俺に気づかず、必死になって塀を登っている。

「ほら、大二郎。手を貸せや。早く登って来いって」塀の上の男が手を伸ばし、小声で言った。

「ちょっと待ってや、兄ちゃん。何か服に引っかかってんねん」大二郎と呼ばれた下の男が、小声で答える。

兄ちゃん？　兄弟かコイツら？　二人ともかなり若い。どう見ても高校生ぐらいだ。何だ、ガキじゃねえか。

上の男が、大二郎ってガキの腕を摑んだ。「いっせいのーで、引き上げるぞ。いっせいのー」

「コラッ！」俺は二人に近づき、大声で脅かした。

「逃げろ！」上の男が、大二郎ってガキの腕を離し、塀から飛び降りた。

「痛ったぁ！」大二郎ってガキが、アスファルトにしこたま尾てい骨を打ちつける。

「大丈夫か！　大二郎！」逃げようとした上の男が、弟に駆け寄る。

「涙ぐましい兄弟愛じゃねえか」俺はからかうように言った。

「だ、誰やねん？」

「通りすがりのおじいちゃんだよ。ガキは、家へ帰ってエロ本でも読んで寝ろ」

「じいちゃんこそ、家へ帰ってゲートボールの練習でもしとけや」兄の方が、啖呵《たんか》を切ってきた。

これには、カチンときたねぇ。さっきまで、逃げようとしてたくせに、こっちがジジイだとわかって急に威勢が良くなりやがって。

「おじいちゃん、見逃してくれへん？　おれたちは、どうしてもこの家に入らなきゃアカンねん」弟が、低姿勢で言った。こっちの方が、まだ物わかりは良さそうだ。

「早く！　どっか行けって！」兄が吠える。こっちは、どうしようもなく気が短けえな。

俺は、二人のジーンズのポケットを見た。

あのふくらみは……。なるほどねぇ。単なる泥棒ってわけじゃなさそうだ。

「ジジイ、聞いてんのか！　シバくぞ！」イライラした兄が、詰め寄ってきて威嚇《いかく》した。

「若いモンは元気がいいねぇ。この、か弱い老人を殴れるもんなら、殴ってみな」

俺は、兄の方にタックルした。二人が仰天した。まさか、こんなジジイが、先制攻撃を仕掛けてくるとは思わなかったのだろう。

「な、何や！　このジジイ！」

兄が、俺を振り払う。

俺は、派手に投げ飛ばされた――フリをして、弟に突っ込んだ。弟ともつれ合い、アスファルトの上に倒れ込む。

「直一郎！　お年寄りに何てことすんねん！」

「おれは何もしてへんって！　このジジイが、勝手に吹っ飛んだんやって！」

「兄弟ゲンカはそこまでだ。おめえら、もう少し声を落とせよ。通報されたらシャレになんねぇじゃねえか」

俺は、立ち上がり、両手の拳銃を構えた。二丁拳銃ってやつだ。

「とりあえず、俺の車で話を聞かせてもらおうか。特に、この銃をどうやって手に入れたかをな」

二人の兄弟は、慌ててジーンズのポケットをまさぐった。スラレたとわかり、幽霊でも見るかのような顔で俺を見た。

マカロフ——。二人が持っていた拳銃だ。ロシア製の自動拳銃で、ここ最近は、トカレフに代わって日本中に出回っている。

「さっさと、警察に突き出せや」直一郎が、ヤケになって言った。

俺は、バックミラーで兄弟を見た。二人ともガックリと肩を落としている。

「赤松直一郎に、大二郎ね。男らしくて、いい名前じゃねえか」

「おじいちゃん、もしかして……刑事？」大二郎が、おずおずと訊いてきた。

「俺がデカに見えるか？　そりゃ、傑作だな」

「刑事じゃなきゃ、何だよ！」と、直一郎。

「おめえらが答えるのが先だ。《赤星》をどうやって手に入れた？」

「赤星？」

「この拳銃の呼び名だよ。ほら、見てみな」俺は、二人にマカロフのグリップを見せた。

「ここに、赤い星が彫られてんだろ？　ちなみに、トカレフは《黒星》って呼ぶんだ」

「なるほど」大二郎が、素直に頷く。

「同級生の家から盗んできたんだ」直一郎が面倒臭そうに答えた。

「何だと？　どんな同級生だ？」

「ヤクザの組長の息子」

「なるほどね」

「返してや」直一郎が、手を出した。

「バカ野郎。人生を棒に振ってもいいのか？」

「ほっといてくれや。おれたちの人生やろ」直一郎が、吐き捨てるように言った。

「俺は、おせっかい焼きなんだよ。教えろ、何に使う気だったんだ？　強盗か？」

二人とも、押し黙ったまま答えようとしない。

「あの屋敷が、誰の家だか知ってんのか？」

「知ってるよ。仁科クリニックの院長の家だろ」直一郎が、答える。

「その院長に何の用だ？」

沈黙。二人は、また黙った。

「おめえら、どっから来た？」

「大阪です」大二郎が、ボソボソと答える。

「学校はどうした？」

「夏休みです」

「両親は？」

「二人とも、入院してます」

「入院？」

「大二郎！　ベラベラ喋んなや！」

「ゴメン」直一郎に叱られ、大二郎がうなだれる。

「おめえら、仁科真を殺しに来たのかい？」

二人の肩が、反応する。図星だ。

でも、妙だ。古今東西、いろんなワルを見てきたが、この兄弟からはワルの匂いがしねえ。

根っからのワルはプンプン匂いがするもんだ。

「金が目的じゃねえんだな」

二人が、頷く。

「オトンとオカンの敵討ちや。仁科真をぶっ殺す」直一郎が、下唇を噛んだ。

「奴は、今、いねえぞ」

「嘘つけ！」

「家族旅行。仲良く、コート・ダジュールでバカンスだとさ」

「何やねん、それ！　せっかく、《青春18きっぷ》で来たのに！」直一郎が、悔しそうに後部座席のシートを殴る。

「誰にも言わねえから、詳しく聞かせてみな。何があったんだい？」

「何で言わなアカンねん」

「俺の獲物も仁科真なんだよ」


兄弟は、ポツポツと語り始めた。

五年前、バスジャックに巻き込まれて、母親が植物状態になったこと。父親が、精神病院に入院していること。仁科真を憎み、復讐してやると考えていること。

「おもしれえじゃねえか」二人の話を聞き、俺は思わず呟いた。

この二人の復讐に手を貸してやりたい。俺の悪い癖である、お節介の虫がムズムズと騒ぎ出した。

「そういうジジイは、何者やねん？」直一郎が嚙みつくように言った。

「おい。ジジイってのはやめろ。ジジイには違いねえが、もうちっとマシな呼び方があるだろ」

「おじいさんは、何者なんですか？」大二郎が、馬鹿丁寧に言い直す。

「おじいさんもやめろ。《まんが日本昔ばなし》じゃねえんだから、〝銀爺〟でいいよ」

「銀爺？」直一郎が鼻で笑った。「さっきの技は何やねん？　どうやって、おれらから銃を奪ってん？」

「何てこたぁねえ。チャックを開けて抜いたのさ」

「そのままやんけ」

兄弟が顔を見合わせた。まあ、口で言っても信じられないだろう。

「スリですか？」大二郎が、目を輝かせた。

「自慢できるようなことでもねえけどよ」

「スゴイですよ！　なあ、兄ちゃん」大二郎が、直一郎の肩を揺する。

「まあ、な」直一郎が、面白くなさそうに答える。

「なあ、おめえら。俺の仕事を手伝ってみる気はないか？」

「は？　何でやねん」直一郎が、眉をひそめて言った。

「仁科真を破滅に追い込めるぞ」

「どうやって？」

「おっぱいを盗むんだよ」

「おっぱい？」兄弟が、同時に声を上げる。

久しぶりに楽しめそうだ。俺は、年甲斐《としがい》もなく胸が騒いだ。

7　五年前　銀次の回想（二）

「いいか。あの女の顔をよう覚えとけ」

俺は、仁科クリニックに入っていく、巨乳の女を指した。

数日後――。俺と赤松兄弟は、車の中で張り込んでいた。

「女の名前は？」直一郎が訊いてくる。

「名前なんかどうでもいいんだよ。しっかりと顔だけを覚えておくんだ」

「あのおっぱいの中に麻薬が入ってんの？　信じられへんなぁ」大二郎が首を捻る。

ルポライターの情報では、あの巨乳の女は、豊胸手術を利用して、海外から覚醒剤を密輸しているらしい。通常、豊胸手術には、生理食塩水が入ったバッグが使われる。巨乳の女は、食塩水の代わりに覚醒剤を溶かし込んだ〝シャブ水〟を、おっぱいの中に隠して、堂々と税関を通るのだ。

その〝シャブ水〟を取り出す役が、仁科真だ。

「そのルポライターは、何で警察に通報せえへんねんやろ？」大二郎が、納得のいかない顔で言った。

「青いねぇ〜」俺は、シシシッと歯の隙間から笑い声を洩らした。

「何、笑ってんねん」大二郎が、ムッとする。

「仁科真を恐喝《きょうかつ》する気なんやろ」直一郎が、俺の代わりに答えた。

「正解」俺は、拍手をしてやった。どうやら、頭の回転は、兄の方が早いらしい。

「でも、どうやって、あのおっぱいの中身を盗むねん？　いくら、銀爺のスリの腕でも不可能ちゃう？」大二郎が、挑発するように俺に言った。

「不可能だと？　昔から、その言葉を聞くと燃えるんだよな」

時間はたっぷりある。巨乳の女は、今日のところは診察だけだ。執刀は、仁科真が行うはずだ。クリニック内で、悪行に手を染めているのは、院長だけだとルポライターが言っていた。

仁科真が、家族旅行から帰ってくるまで、あと三日。その間、ゆっくりと作戦を練らしてもらおうじゃねえか。

俺たちは、仁科クリニックから出てきた巨乳の女を尾行した。女は、携帯電話で誰かと話しながら駅前をぶらぶら歩いている。

巨乳を尾行。俺が、もう少し若けりゃ、そそる言葉なんだけどなぁ。ただ、この巨乳ちゃんには、何の興味も湧いてこねえ。薄汚ねえ茶髪に、まがい物の胸。たぶん、顔もいじってるだろう。鼻の筋が異常に通っている。目も不自然にパッチリし過ぎだ。

マネキンみたいな顔になっちゃって、まぁ。親からもらった体をなんだと思ってんだ？

「それにしても、すげえおっぱいやな」直一郎が、ショーウィンドウに映る巨乳ちゃんを見て言った。

「牛みたいやで。ゆさゆさ揺れてるもん」大二郎の鼻息も荒い。

うぶだねえ。俺は、吹き出しそうになるのを堪《こら》えた。

「何の仕事してるんやろ？」直一郎は、食い入るように、ガラス越しの巨乳ちゃんを見ている。

「金に困った風俗嬢ってとこだな」

「銀爺、なんで、そんなことわかんねん？」直一郎が、嚙みつく。

「伊達《だて》に年を食ってねえからな。顔を見りゃ、そいつが、大体、どんな人間かわかる」

「ホンマに？」大二郎が、疑いの目で俺を見る。

「おめえらのこともわかるぜ。まだ女を知らねえだろ？」

二人の顔が同時に赤くなる。

「わかりやすいねぇ。ソープにでも連れてってやろうか？」

「マジで？　おごり？」直一郎が、すぐさま反応する。

「ああ。この仕事が終わったらな」

「やりぃ！」直一郎が、大げさにガッツポーズを作る。

「おい、あんまり目立つ動きをするんじゃねえ。怪しまれんだろ」

俺たちは、あえて、巨乳ちゃんの前を歩いていた。巨乳ちゃんがあまりにトロトロと歩くので、後ろを歩くのが、逆に不自然になるからだ。さっきから、ずっと携帯電話で長話をしている。だから〝ケータイ〟は嫌いなんだよ。

「こんな大胆に、前におって大丈夫なん？」大二郎が、不安げに言った。

大二郎がビクつくのも無理もない。なにせ、巨乳ちゃんとの距離は三メートルも離れてないのだから。

「おどおどすんじゃねえよ。女も、まさか前にいる俺たちが尾行してるとは思わねえよ。馬鹿正直に後ろを歩けばいいってもんじゃねえんだ」

赤松兄弟との行動は、俺にとって好都合だった。誰が見ても、ジジイと孫たちの、ほほえましい姿に見える。ソープの話はしちゃいるが。

「大二郎、ビビんなって。ソープが待ってるぞ」直一郎が、変な励まし方をする。

「……おれはええわ」

「なんでやねん。こんなチャンス、滅多にないぞ」

「おれは……最初は……素人がいい」

「素人！」俺は、我慢できずに吹き出した。

「笑うなや」大二郎が、俺の肩を小突く。

「おい、年寄り相手に暴力はやめろ」俺も大二郎を小突き返した。

その時、銀爺！　あれ！　と直一郎が、アゴで合図を送ってきた。

俺は、ガラス越しに後ろを見た。

いつのまにか、巨乳ちゃんの横に男が並んでいた。

この暑さなのに、黒いスーツでキメ込んでいる。いい生地を使ってるな。高級品だ。肩幅が広く、重心が低い。何か、格闘技をやっているのは間違いない。短く刈り上げた髪。猛禽《もうきん》類のような顔つき……。堅気じゃねえな。ヤクザ者とも違う。刑事でもねえ。無精髭。体から発せられる、ワルの匂いがここまで漂ってくる。男の
俺にはわかる。コイツは、人を殺したことがある。

巨乳ちゃんの肩を抱いているが、あれは、恋人の抱き方じゃねえ。護《まも》っているんだ。女の顔は全く見ず、周りを警戒している。

ボディガードか……。ややこしいのが出てきたな。

ヤクの密輸だけに、背後にヤバい奴らがいるのは承知の上だった。ヤクザやチンピラくらい出てくるとは思っていたが、プロが出てくるとはな。こりゃ、一筋縄ではいかねえぞ。

巨乳ちゃんが、携帯電話をバッグに放り込んだ。電話の相手は、この男だったってわけだ。

これ以上、尾行を続けるのは危険だ。

「引き上げるぞ」

俺は、踵《きびす》を返し、巨乳ちゃんと男に向かって歩き出した。

「えっ？　ちょ、ちょっと待ってや」

「どこ行くねん？」

赤松兄弟が、慌てて追っかけてくる。

俺は、先に追いついてきた直一郎の足に、杖を絡めた。

「うわっ！」

直一郎が、男に向かって、転倒した。

男は、巨乳ちゃんの肩から手を離し、軽い身のこなしで、直一郎の突進をかわした。

よし。今だ。

俺は、すれちがいざま、巨乳ちゃんのバッグに手を突っ込んだ。大きく口が開いている肩がけのバッグだ。

どうぞ、盗ってくださいと言わんばかりだぜ。男も巨乳ちゃんも、直一郎に気を取られている。楽勝。俺は、女の携帯電話をスリ、自分の懐に隠した。これで、女の身元を洗える。

男と女は、何も気づかず去って行った。

「イテテテ」

直一郎が膝を押さえてやってきた。

「兄ちゃん、大丈夫かいな？　何、いきなりコケてんねん」大二郎が、笑いをこらえる。

「アホ。わざとじゃ」直一郎がジーンズの汚れを手で払った。「銀爺、携帯電話はちゃんと盗れたんやろな？」

「……おめえ、見えたのか」久しぶりに驚いた。

「銀爺が、ジッと女の携帯電話を見とったからな。ピンときてん」

コイツ、俺の狙いを読んで、わざと派手に転んだっていうのか？

「えっ？　どういうこと？」大二郎だけが、蚊帳《かや》の外だ。

——見つけた。

このガキなら、〝仕立屋銀次〟の後継者になれるかもしれない。

8　五年前　銀次の回想（三）

「アチッ！　アチチ！　熱過ぎるやろ！　このお湯！」

「何で、東京の銭湯のお湯はこんなに熱いねん！」

赤松兄弟が湯船の中で、飛び跳ねる。

「うるせえぞ！　おめえら！　風呂ぐらい、静かに入れねえのか！」俺は、首まで湯に浸《つ》かり、二人を叱りつけた。

「銀爺、お湯を水で薄めていい？」直一郎が、蛇口を捻ろうとする。

「バカ野郎。江戸っ子には、これぐらいの熱さがちょうどいいんだよ」

「おれら、江戸っ子ちゃうし！」

「大阪生まれの大阪育ちやし！」

赤松兄弟が、仲良くフリチンで抗議する。

その日の夜——。俺たちは、アパートの近所の《松の湯》に来ていた。

「〝郷に入れば郷に従え〟って、学校で習わなかったのか？」

「わかったわ」直一郎がむくれる。「大二郎、せーので入るぞ。せーの」

兄弟が、ドボンと肩まで浸かる。

「アカン！　やっぱ熱いわ！」

三十秒も経たないうちに、直一郎が湯船から飛び出した。

「銀爺、先に出とくな！」

大二郎も続いて飛び出す。

「ちゃんと体を拭けよ！　ビショビショで出るんじゃねえぞ！」

元気のいいガキたちだ。両親が不幸な目にあったにもかかわらず、あの明るさはどこからくるのだろう。よっぽど、親の育て方が良かったに違いない。

「可愛いお孫さんたちですな」

湯船の縁に腰をかけ、足だけ湯につけているジイさんが、声をかけてきた。

「育て甲斐がありますよ」

俺は、違う意味を込めて返した。

今、赤松兄弟は、大阪では生活保護を受けて暮らしているらしい。友達には、ヤクザの組長の息子がいる。直一郎が十七歳、大二郎が十六歳だが、このままいけば裏社会に足を突っ込むのは、ほぼ間違いない。

特に、兄の直一郎には、その片鱗《へんりん》が見える。度胸、頭の良さに加え、勘がいい。一流のワルになる素質十分だ。

弟の大二郎は、優し過ぎる。金魚のフンみたいに、兄の後ろについていくのが精一杯だろう。

俺は悩んでいた。これ以上、この件にあの兄弟を巻き込んでいいものか。アイツらの復讐に手を貸してやりたいが、敵は思ったよりデカそうだ。

《前田》と、巨乳ちゃんの携帯に履歴が残っていた。最後の通話。昼間のボディガードの名前だ。

ルポライターも、密輸の黒幕までは摑んでいなかった。アイツにも、手を引かせた方がいいかもしれねえな。

深追いはやめておけ。長年のカンが、そう囁《ささや》いている。

「お先に」俺は、横のジイさんに頭を下げ、湯船を出た。

休憩所で、また赤松兄弟が騒いでいた。

「やっぱり、コーヒー牛乳にしとけば良かったわ！」と直一郎。

「だから言ったやろ！　何でフルーツ牛乳にしてん？」と大二郎。

「一口飲ませてや」

「嫌や」

「ケチやの！　一口だけやんけ！」

「一口なわけないやん。どうせ、イッキ飲みするんやろ！」

俺は、二人の頭に、握り拳を振り下ろした。

「帰るぞ、バカ兄弟」


「おめえらに大事な話がある。ここに座りな」

俺のアパートで、布団の上に赤松兄弟を座らせた。

「ここから先の人生の話だ」

俺は、真剣な眼差しで二人を見た。

赤松兄弟は、何事かと顔を見合わせた。

「おめえら、これからどうやって生きていくつもりだ？」

「将来のことなんか、考えたこともないな」直一郎が、首を掻きながら言った。

「二人とも勉強できへんしな」大二郎も合わせる。

「まずは、仁科真に復讐や。それが終わらな何も考えられへん」直一郎の言葉に、大二郎が頷く。

「その復讐のことなんだがな」俺は言葉を切った。

「何やねん？　言いたいことがあるんやったら、ハッキリ言ってや」直一郎が急《せ》かす。

「おめえら、明日の朝イチで大阪に帰れ」

「何でやねん！」二人が、同時に叫んだ。

「でけえ声を出すな。このアパートは壁が薄いんだからよ」

「手伝ってくれるって言ったやんけ！　アイツを破滅に追い込めるんやろ！」直一郎が、少しも声のボリュームを落とさずに言った。

「約束したやんけ！」大二郎も大声で言った。

「悪いな。事情が変わったんだよ」

「じゃあ、銃を返してや。今から、兄ちゃんと二人でアイツを殺しに行くから」

大二郎が目を潤ませた。直一郎も目を真っ赤にしている。

「仁科真は、まだ旅行中だよ。コート・ダジュールまで殺しに行くのか？」

「アイツの家の玄関先で、ずっと待っといたるわ。家族仲良く帰ってきたところを殺したる」直一郎が、ドスを利かせて言った。

コイツなら、本気でやりかねない。やれやれ。大人しく大阪に帰ってくれそうにもねえな。

「生半可《なまはんか》な気持ちでやるならやめとけ」俺は、突き放すように言った。

「本気に決まってるやんけ！　ヤクザの銃を盗んできてんねんぞ！」直一郎が吠える。

「じゃあ、その銃で、一回でも練習はしたのかい？」

「……してへんよ。弾がもったいないし……」直一郎が言葉を濁す。

「何かスポーツはやったことがあるか？」

「サッカー」大二郎が代わりに答える。

「一度もボールを蹴ったことのない奴が、シュートを決められるかい？」

大二郎が首を横に振った。直一郎は、悔しそうに俺を睨みつけている。

「いいか。必ずおめえらは失敗する。仁科真は生き残り、おめえらは刑務所だ。それがわかってるから、俺は大阪に帰れと言ったんだ」

「どうしたらいい？」直一郎が食いさがる。「教えてくれよ！　どうしたら、アイツに復讐できる？　何でもやるから、教えてくれよ！」

「それが人にものを頼む時の態度か？　教えてくださいだろ」

「教えてください！」大二郎が、すぐに頭を下げた。

「直一郎は？」

「教えてください」

直一郎が、土下座をした。大二郎も、その姿を見て、慌てて土下座をする。

「ルールを守れるか？」

二人が顔を上げた。

「絶対に守る」直一郎が小指を出した。

「指切りか？」俺は、思わず笑みをこぼした。

大二郎も小指を出してきた。

俺は両手の小指を差し出した。右手に直一郎、左手に大二郎の小指を絡める。

指切りなんて何年ぶりだ？

俺はおかしくてしょうがなかった。〝仕立屋銀次〟が、孫ほど年の離れたガキと布団の上で指切りとはな。昔の仲間が見たら何て言うだろうな。

玄関のドアが開いた。「ちょっと、銀爺。何やってんの？」

ちくしょう、見られたじゃねえか。

「誰、この女の人？」直一郎が、目を丸くして玄関先を見た。

「紹介するよ。俺の昔の仲間、朝子だ」

「知ってるでしょ？　私、足を洗って堅気になったんだけど」

朝子が不機嫌な顔で言った。

「知ってるよ。結婚退職だろ。おめえが結婚するとはねぇ。子供も二人いるんだって？　何て名前だ？」

「上が優歌、下が豪太」

「いくつになるんだ？」

「優歌が五歳、豪太が三歳」

「豪太やって」赤松兄弟が、笑いを堪える。

朝子が、二人を睨んだ。

「でも信じられねえな。あの朝子がママかよ。どうだ、子育ての方は」

「地獄よ。豪太は落ちている物を手当たり次第口に入れるし、優歌は幼稚園でイジメられてるし」

「イジメにあってんのか？　可哀相に」

「周りのみんなが、優歌を怖がって無視してんの」

「怖がるって何を？」

「うちの娘、ちょっと変なの」

「どう変なんだ？」

「訊かないで」

「わかった。気になるけど、訊くのはやめよう」

「やっぱり聞いて。五歳で井上陽水の歌詞を暗記するのってどう思う？」

「……いいんじゃねえのか？　将来、アーティストになるかもよ」

「ありがとう」朝子が疲れた顔でタメ息をつく。

「今日、旦那は？」

「家にいるわよ」

「いいのかい？　こんな時間に家を出て」

時計の針は、夜の十一時を回っている。

「呼んだのは誰よ！　『死にそうだ』って言うから、慌てて飛んで来たんでしょう！」

「何て言い訳して来たんだ？」

「ドライブよ。今日から、私の趣味は〝深夜のドライブ〟になったから」

「それで通るのか？」

「私、家では天然ボケのキャラになってるからいけるんじゃない？　旦那の方が明らかに天然ボケなんだけどね。本人は、家族で一番トンチンカンなのは、自分だということに気がついていないのよ」

「手間かけさせて悪かったな」

「で、用件は何？　そして、このガキんちょ二人は何者なの？」

「赤松直一郎、十七歳です」直一郎が、緊張しながら自己紹介をした。どうやら、朝子の美貌にドギマギしているようだ。六年ぶりに会ったが、朝子は相変わらずいい女だった。服装は水色の無地のTシャツにスリムのジーンズと若奥様風になっているが。

「赤松大二郎、十六歳です」大二郎も続いて言った。

「牛島朝子、三十歳よ」

「三十？　全然、見えへんな！」直一郎が大げさに驚く。

「二十五歳ぐらいかと思った」大二郎も調子を合わす。

「おれ、もっと若く見えた！　十九ぐらいかと思った！」

「お主ら、調子に乗るんじゃないよ」朝子が嬉しそうに怒る。

「朝子、この二人に護身術を教えてくれないか」

俺は、単刀直入に用件を言った。

「マジで言ってんの？」朝子が迷惑そうな顔をした。

「ああ。ちょっと厄介な相手を敵に回してな。俺も年食っちまったから、自分の身しか守れねえんだ」

「教える期間は？」

「三日」

「私、帰る」

朝子がクルリと回れ右をし、ドアを開けようとした。

「朝子！　ちょっと待て！　話は最後まで聞けよ！」

「三日で何ができるのよ。敵はどんな奴なの？」

「……たぶん、おめえと同じ職業だ」

「私は主婦よ」

「すまん。言い間違えた。昔の職業だ」

朝子が、お手上げだとばかりに息を吐く。

「二人とも足は速い？」朝子が赤松兄弟に訊いた。

「百メートル十一秒台です」直一郎が、胸を張る。

「なかなかいいじゃない。お主は？」朝子が、大二郎に訊いた。

「おれは……十三秒ぐらいです」

朝子が、うんと頷き、俺に言った。「逃げることね。どれだけ距離が離れていても、そいつの顔が見えたら一目散に逃げて」

「それだけかよ？」

「この子たちを死なせたくなかったら、そうさせて」朝子が、真剣に俺の目を見た。

「おめえら、昼間の黒スーツの男、覚えてるな。ワシみてえな顔した奴だ」

赤松兄弟が頷く。

「前田って名前の奴やろ？」直一郎が言った。

「ルールその1。前田を見たら、ダッシュで逃げろ。いいな？」

二人とも、戸惑いながらも頷く。

「たとえ、目の前に仁科真がいて、前田が五十メートル先でもだ。いいか？」

俺は念を押した。

「頑張ってね。銀爺、あまり無理しちゃダメよ。年なんだから」朝子が、ドアノブを回した。

「帰るのかい？」

「家族が待ってるから。もう電話してこないで」

朝子がドアを開けた。

ドアの前に、ワシ顔の男が立っていた。

「もしかして、前田さん？」朝子が、引きつった顔で訊いた。

前田は、何も答えず、手に持っていた銃の先に、クルクルとサイレンサーを取り付けた。

「おい！　さっきからうるせえぞ！　何をドタバタやってんだよ！」

隣の住人が、ランニングにトランクス一枚の格好で苦情を言いにやってきた。隣は、ヤクザくずれの新聞拡張員だ。

「今、何時だと思ってんだ？　あん？」スーツ姿の前田を見て、首を捻る。「兄ちゃん、暑くねえのか？　今、真夏だぞ」

プシュ。プシュ。

何の躊躇《ためら》いもなく、前田が隣の住人を撃った。アパートの廊下に倒れた住人の背中を、前田が再び撃った。

プシュ。プシュ。

もう二発。確実に殺すための、殺し屋の撃ち方だ。

朝子の手刀が、前田の銃を叩き落した。銃が二階の柵を転がり抜け、下の空き地の草むらに落ちた。

思わぬ反撃にあった前田が、不思議そうな顔で朝子を見る。まさか、目の前の若奥様が、自分と同業とは思えないのだろう。

その隙を、朝子は見逃さなかった。右手の人差し指と中指の二本で、前田の右目を突き刺した。第二関節まで、二本指が埋まる。

朝子は指を引き抜き、左の手刀を前田の首に叩き込んだ。

前田は小さく呻き、玄関口に倒れ込んだ。

電光石火の早業だ。

「腕は落ちてねえな」

「何言ってんの、ヤバかったわよ。目を潰されても、悲鳴を上げない奴なんて初めてよ」

「油断してくれて助かったな」

「ホントよ。お主ら、ティッシュ取ってくれない？　これ、拭きたいんだけど」朝子が、血と体液にまみれた二本指を、赤松兄弟に見せる。

二人とも、俺の布団の上で小便を洩らしていた。

9　五年前　銀次の回想（四）

「こっちが尾行されてたとはな」

俺は、白玉入りのクリームあんみつをパクつきながら言った。

深夜のファミリーレストラン。午前一時。

俺たちは、アパートから逃げ出し、十キロほど離れた《ロイヤルホスト》で、一休みしていた。

「どうして、前田が尾行してきたわけ？　アンタたちの正体を知るはずもないのに」朝子が、イチゴのショートケーキにフォークを突き刺して言った。

「俺が巨乳ちゃんから、携帯をスるのを見たんだろう」

それしか考えられない。〝仕立屋銀次〟の腕も鈍ったもんだ。

「なるほど。泳がされたってわけね」朝子が、イチゴを皿の端によける。

「イチゴ食べないのかよ」

「嫌いなの」

「なのに、イチゴのショートケーキ頼んだのか？」

「生クリームが食べたかったの。お主ら、イチゴ食べる？」

朝子が、赤松兄弟にイチゴを勧めた。二人が、青い顔で首を振る。

「おめえら、アイスコーヒーだけでいいのか？　甘いものでも食べろ。頭がシャキッとするぜ」

兄弟がまた、首を振った。さっきから、ずっと無言のままだ。それも仕方がない。殺しの現場を目撃したショックから抜けきれないのだろう。

「もうアパートには戻れないね」朝子が、生クリームの塊を口に放り込む。

「俺が、本名で借りてるわけねえだろ。警察が、あの二つの死体を見ても、こんなジジイの仕業だとは思わねえよ」

死体は置いてきた。グズグズしてると、いつ次の刺客が来るかわからないからだ。もともと、家財道具は必要最低限しか置いていない。この何十年、いろんな奴から逃げるために、常に身は軽くしてある。

「おめえら、前田の動きを見ただろ？　あれが、殺しの技だ。人をぶっ殺すってのは、ああいうことだ」

赤松兄弟がうなだれる。

「何？　この子たち、殺し屋志望なわけ？」

「殺したい奴がいるんだとさ」

「私の技はマネしちゃダメよ。今日のは、まぐれだから。でも、その若さで殺したいって……何があったわけ？」

俺は、簡単に事の経緯を朝子に話してやった。

「……そんなことがあったんだ。仁科クリニックなら知ってるよ。お世話になったことはないけど」

ようやく、大二郎が口を開いた。「朝子さん、仁科真を殺してくれませんか」

「一人殺すのっていくらですか？」直一郎も言った。

「お断りよ。私は堅気になったって言ってるでしょ。結婚式の時に、心の中で神様に誓ったの。『もう、人は殺しません』って」

「さっき、思いっきり殺したやないですか！」

「あれは正当防衛よ。致し方なくよ。まあ、とっさに体が動いたんだけどね」

「ゴルゴ13みたいやな」大二郎が、化け物でも見るような目で朝子を見た。

朝子がフォークを置いて、俺に言った。「この件からは、手を引くべきだと思う」

「なんで？　朝子さんが、前田を片付けてくれたおかげで、やりやすくなったんと違うんか？　チャンスやん！」直一郎がせがむ。

「逆にやりにくくなったんだよ。前田が死んだことによって、敵はより警戒してガードを固めてくるだろうよ」俺は、たしなめるように言った。

「今なら、まだ引き返せるわよ。お主らに、私や銀爺の住んでいる世界に来て欲しくないの。植物状態のお母さんも、精神病院のお父さんも、元気になる可能性は十分にあるじゃない。その時に、二人が人殺しだと知ったら、どう思うかしら」朝子も、優しい口調で二人に言った。

「仁科のことは、どうすんねん？　医療ミスで人を殺しといて、麻薬を密輸してるような奴をほっとけって言うんか？」直一郎が、怒りに声を震わせた。

「忘れたら？」朝子が、言った。

「忘れられるわけないやんけ。母さんは……目の前で撃たれてんぞ」大二郎が唸るように言った。

「勝てねえぞ」

このガキどもに、現実を教えるのが、今の俺の使命なのかもしれない。どうしても、コイツらには死んで欲しくなかった。

「やってみなわからんやんけ！」直一郎が、テーブルを叩いた。入り口の店員が何事かとこっちを見る。

「世の中、絶対に勝てない相手がいる。そいつらとケンカしないのが長生きの秘訣だ」

「もうええわ。大二郎、おれらだけでやろうぜ」

直一郎が立ち上がる。大二郎は座ったまま、俺を睨みつけている。

「大二郎、行こうぜ！」

大二郎は、どれだけ直一郎に揺すられても動こうとしない。瞬《まばた》きを一切せず、ジッと俺を見据えている。何だ、このガキの迫力は？　単なる金魚のフンだと思っていたが、どうやらそうでもないらしい。

「銀爺、朝子さん。嘘はつかずに、ホンマのことを教えてや。今、おれたちが仁科真を倒せる確率は、何パーセントある？」

「ゼロ」俺は即答した。

「同じくゼロ」朝子も答える。

「それを、どうしても五十パーセントにしたいねん。五分五分やったら、賭けてみる可能性はあるやろ？」

俺と朝子は、横目で視線を合わせた。

この子、凄いわね。朝子の目はそう語っていた。

「準備がいるな。それと半端じゃない周到な計画だな」

「体力、知力、経験値、技術。すべてのレベルアップが必要よ」

「ずいぶんと時間がかかるぞ。最低でも三年だな」

「いいえ。五年よ」朝子が、すぐさま訂正する。

「五年……」大二郎が唇を噛んだ。

今の二人にとっては、気の遠くなる時間だろう。母親が撃たれたのは五年前。プラス五年となると、計十年だ。この子たちに十年分の憎しみを持ち続ける強い心があるのだろうか？

忘れること。朝子の言ったことが正しい。憎しみを抱いたままじゃ、人は幸せになれねえ。忘れること。それは、つまり、すべてを許すことなんだ。自分の人生を狂わせた人間さえも許すことができて、人は初めて成長できる。

ただ、それをこの子たちにどう伝えればいい？

「兄ちゃん、座ってや」

「お、おう」直一郎が腰を下ろす。

「銀爺、朝子さん、おれたちを鍛えてください。お二人の言うことなら何でもします。約束もルールも必ず守ります。五年後に、仁科真に復讐するチャンスをください。一度でいいんです。失敗したら、潔く諦めます」

「お願いします！」直一郎が、テーブルに額をぶつけるほど頭を下げた。

「お願いします！」大二郎も、テーブルに額をぶつける。

「お願いします！」

ゴン。

「お願いします！」

ゴン。

店内に、二人の頭突きの音が響き渡る。

「お、お客様！　困ります！」

入り口の店員がすっ飛んできた。

俺は手をひらつかせ、店員を追っ払った。「迷惑をかけてすまなかった。コイツらの進路を話し合ってるんだ」

「……他のお客様のご迷惑になりますので、お静かにお願いします」店員が、納得しかねる顔でテーブルを離れていった。

「どうする？」俺は、朝子に訊いた。

「銀爺は、どうするつもり？　っていうか、心が揺れてるんじゃゃないの？」

「バレたか」

「昔から変わってないわね。そのお節介グセ」

「こればっかりは性分でな」

「やってくれるんですか！」

二人が、テーブルから顔を上げた。

「喜ぶのは、まだ早いんだよ。修業は、そんなに甘くねえぞ」

「何をすればいいんですか？」大二郎が、声を弾ませる。

「それは……これから考えるんだよ。なあ、朝子？」

「一カ月ごとに課題を出すから、月に一回、東京に来てちょうだい。ご両親の病院があるから、大阪を離れるわけにはいかないでしょ。私も〝深夜のドライブ〟は、それぐらいのペースがありがたいし」

「はい！」二人が声を揃えた。

「まずは、私の課題。来月までに、腕立て伏せを連続で百回できるようになってきて。できなかった時点で、特訓は終わりよ。復讐も諦めて」

「おれ、すでに四十回できるし」直一郎が、自信ありげに言った。

「銀爺の課題は？」朝子が催促する。「今、決めて」

「今かよ？」

「じゃないと、私、降りるから」

「俺が教えられるのはスリしかねえからな……」

「何をかっぱらってくればいいでしょうか？」直一郎が、至ってマジメに訊いた。

「何でもパクります！」大二郎も大マジメだ。

「犯罪はダメよ。銀爺、何かないの？」

「これといってなぁ……指先の感覚を鍛えるしかねえんだけどな」

「手品なんて、どう？　スリと似てるとこあるじゃない？」

「おい！　あんなのと一緒にすんな。スリは失敗が許されねえ、真剣勝負なんだぞ？」

「客の注意を他に引きつけトリックを完成させる。カモの気を逸らして財布を盗る。全く同じじゃない。ミスディレクションよ」

「何だ？　そのミスデクションてのは？」

「ミスディレクション。マジック用語よ。いくら〝仕立屋銀次〟でも、ずっとハンドバッグを見張られていて、財布をスることはできないでしょ？」

「当たり前だろ」

「試しに、さっきの店員の腕時計を盗ってきてくれる？」

「不可能ですよ」大二郎が言った。

「その言葉を使うなって言っただろう？　お安い御用だ。直一郎、わかってんな？」

「合点だ」直一郎が答える。

俺は立ち上がり、おもむろにレジにいる店員に近づいた。

お会計ですか？　店員が、嬉しそうに言った。俺たちに早く帰って欲しいのだ。

俺が、直一郎に目配せをして合図を送る。と、同時に直一郎がテーブルに頭を打ちつけた。

「お願いします！」

ゴン。

「お願いします！」

ゴン。

「また始まった……」店員が舌打ちをして、止めに行こうとレジを出た。

「いいから。いいから」

俺は、店員の左手首を摑んだ。手の下には腕時計がある。

「良くないでしょ！　完全に営業妨害ですよ！」

「どうしても、ジャニーズに入りたくて母親にお願いしてるとこなんだよ。大目に見てやってくれないかね」

「困ります！　止めてください！」

「ああ、わかった」

腕時計は、とっくに俺の手の中にあった。直一郎の奇行のお陰で、店員の目はテーブルに釘付けだった。

「今のがミスディレクションよ。わかった？」朝子が、自分の手柄かのように言った。

「いかに、見て欲しくない場所から気を逸らすか、か……」大二郎が感心して呟く。

「何てこたあねえな。俺が、いつもやってることだ」

「じゃあ、手品がスリの練習になるってことよね」

「そうなるのか？　何だか煙に巻かれた感じだな、オイ」

「来月までに、手品を一つマスターしてきて」朝子が、俺の課題を勝手に決めた。

「はい！」二人が楽しげに返事をする。

「命がけでマスターしてよ。私たちがタネを見破ったら、そこで特訓は終了だからね」

「その手品は、誰に教えてもらったらいいんですか？」直一郎が、途端に弱気な声を出した。

「図書館に行けば、マジックの本なんていくらでもあるでしょ？　それぐらい自分で考えなさい。コインのマジックがいいと思うわ。あれは、指先のテクニックが求められるから。決めた。来月までに、私の前でコインを消して」

「ええ！　できるわけないやん！」

「やるの！」

コイツ、教育ママになるな。

俺たちは、《ロイヤルホスト》を出て、駐車場へと向かった。

「ヤバい。もうすぐ三時じゃない！」朝子が、慌てて車のエンジンをかける。

「おめえら、先に俺の車に乗っててくれ」

俺は、直一郎にキーを渡した。

「何？」朝子が眉をひそめる。

「ちょっと、おめえに話があんだよ。大二郎、タバコ買ってきてくれねえか！　レストランの入り口に自販機があったろ？」

俺は、タバコが切れたことを思い出し、五百円玉を大二郎に投げた。大二郎がキャッチする。

「そのコインを消せるようになるのよ」朝子が大二郎に手を振った。

大二郎も手を振り返し、レストランに入って行った。

「話って何よ？」

俺は、言うべき言葉を探した。せっかく堅気に戻った仲間を、また、こっちの世界に引き込んだ罪悪感を覚えたからだ。

「……すまねえな」

「やめてよ」朝子が、ハンドルを握り直す。

「朝子さーん！」

俺の車の前で、直一郎が手を振った。朝子の車と俺の車は、十メートルは離れている。

「何よ！」朝子が、運転席から訊いた。

「豪太って、いい名前ですね！」

「何、あの子？　変な子ね」朝子は、俺の顔を見て笑った。

「おもしれえ奴だろ。俺が、日本一のスリ師に育てようかと思ってんだ」

「本気？」朝子が、さらに笑う。

「気をつけてくださいねー！」

直一郎が、両手をブンブンと振り回す。

「早く車に乗れよ！」

「はい！　師匠！」

直一郎がおどけて敬礼し、キーを車に差し込んだ。

火柱が上がった。

突然、俺の車が爆発したのだ。

俺は爆風に吹き飛ばされ、しこたま頭を朝子の車にぶつけた。

車と直一郎の体の破片が、夜空から降ってくる。

薄れゆく意識の中、俺の目はある人物を捕らえた。《ロイヤルホスト》の前を走る国道の向かい側に、そいつは立っていた。
前田は、右目から血を流し、こっちを見て笑った。

二〇〇七年　十二月

10　約半年前　朝子の回想（一）

「朝子さんの千円なら、こっちにあるで」

大二郎が左手を開く。その上に、折りたたんだ千円札があった。

「小銭はうっとうしいやろ？　札に替えてあげてん」

どうなってんの？　私の財布の中にあった五百円玉が百円玉五枚になり、十枚の百円玉が千円札になったのだ。

「ずいぶんと腕を上げたな」銀爺が、感心して目を細めた。

私の名前は、牛島朝子。元殺し屋の主婦だ。

今日は、毎月恒例の〝深夜のドライブ〟の日。夜の十時から家を抜け出す私に、夫は『いってらっしゃい。気をつけてね』と投げキッスをした。

どこまで鈍い人なのかしら。

普通、妻が毎月定期的に夜中に出かけたら、浮気を疑わない？

信用されているのか。それとも、浮気なんかするわけないとタカをくくられているのか。

「チューハイ、おかわり！」銀爺が、空になったグラスを上げ、店員に声をかけた。「大二郎は、おかわりどうする？」

「おれはコーラで」

「何だと？　おめえ、まだ生中一杯しか飲んでねえじゃねえか！　若いんだから、もっとガンガン飲めよ！　お姉ちゃん〜、ここに生を大ジョッキで持って来て！」

大二郎が、まいったなと朝子を見る。

今夜、私たちは、新宿で集まった。朝までやっているチェーン系の居酒屋だ。毎回、集まる場所はバラバラだ。あの事件以来、特定の場所では会わないよう、警戒しているのだ。

あれから、前田の姿は見ていない。生きているのか、死んでいるのかも不明だ。銀爺は、確かに前田を見たと言い張っているが。

「それにしても、ヒデえ格好だな、オイ」

銀爺が、大二郎の金髪の髪をペシペシと叩き、大笑いをした。

私も、今日、新宿駅で会った時は度肝を抜かれた。

金髪のリーゼントに、和柄のアロハシャツ。金ピカのネックレスまでしている。どこから、どう見てもチンピラだ。大二郎から声をかけられるまで、気がつかなかったぐらいだ。

「何で、伊勢海老なんだよ」銀爺が、大二郎のアロハのプリントを指して、笑う。

銀爺は、大二郎と会う時だけ、妙に明るい。明る過ぎて痛々しくなる。

「ヤクザ・ファッションやねん。大阪のチンピラは、みんなこんな格好なんやもん。めっさ恥ずかしいわ。今月から、おれは門田組の準構成員ってことになってるから、しょうがないねんけどな」大二郎も笑った。

私も、笑い返す。

「朝子さん、おれ似合ってる？」

「似合い過ぎて、怖いくらいよ。お願いだから、それで歌舞伎町は歩かないでね」

「わかってるって！」

大二郎が、人懐っこい笑顔を浮かべる。この顔を見るたびに、私は胸が締めつけられる。

大二郎は、あの日から一度も、直一郎の話はしていない。毎月一回、必ず東京に来て、黙々と私たちが与える課題をこなしていった。

体力は申し分ない。すでに、アスリート級だ。格闘技は、あえて教えなかった。教えたのは、最低限の護身術だけだ。素人は、なまじ技を覚えると使おうとする。敵から逃げきるだけの体力があれば、それでいいのだ。

マジックの腕は、セミプロ級まで上がった。特に、コインの技は特筆すべきものがある。

「ねえ、大二郎。そろそろ、さっきのマジックのタネを教えてくれない？」私は、大二郎に訊いた。

「いいねえ、教えろ！　千円札なんて、どこから出てきたんだよ」銀爺も、煽る。

「普通に。ポケットから出したよ」大二郎が、事も無げに言った。

「嘘つけよ！　全く見えなかったぞ！　なあ、朝子？」

私は頷いた。千円札が、魔法のように現れたのだ。

「見えなかったんじゃなしに、見なかったんだよ。もう一度、やってみようか」

「おう。今度は騙されねえぞ」

大二郎が右手を広げる。「その千円を俺の手の上に置いて」

私は、テーブルの上の千円札を手に取ろうとした。

「ストップ！　今、二人とも何を見てる？」

千円札に決まって……やられた。ミスディレクションだ。

私と銀爺は、大二郎を見た。大二郎の左手には、いつのまにか、一枚の細長いパンフレットがあった。観覧車の写真が載っている。

「相手の視線さえコントロールできれば、何だってできるねん」

「何だ？　そのパンフレットは？」

「ここで、仁科真理子を誘拐する」大二郎が言った。

仁科真理子――。私たちの切り札だった。クリニックの人間の話では、十年前、父親とモメて家出をしたらしい。

真理子の居場所を突き止めるのは、簡単なことだった。サーファーは海がないと生きていけない。全国のサーフィン・スポットをくまなく探した結果、名古屋でモグリの医者をしていることがわかった。

大二郎が門田組のコネを使って、大阪に呼び寄せたのである。

そして、大二郎が門田組の準構成員となって、仁科真理子に近づき、父親の不正を暴く情報を手に入れるつもりだった。

「娘の真理子には、危害は加えない約束よ」

「大二郎、ルールは守らなきゃなんねえぞ」

「危害は一切加えへんよ。真理子は、父親を呼び寄せるためのエサや」

銀爺は、呆れた顔で耳の後ろを掻いた。

「あのな、大二郎よ。誘拐ってのが、どれだけむずかしいか知ってるかい？　人質をさらい、監禁し、身代金を要求して受け取る。これだけ手順を踏まなくちゃいけねえんだぞ」

「〝捕まらずに逃げきる〟を、忘れてるわ」私は、一番重要な手順を付け加えた。

「その手順を、一気に解決できる誘拐方法があるねん」大二郎が、興奮を抑えるように、ビールをノドに流し込んだ。

「どうやんだよ」銀爺が、周りの客に目をやり、声を潜める。

「観覧車」大二郎が、自分に言い聞かせるように言った。「観覧車を使って誘拐する」

11　約半年前　朝子の回想（二）

居酒屋を出て、私たちは別れた。大二郎は、銀爺の家に泊まると言って、二人でタクシーに乗って帰った。

私は、真っ直ぐに家に帰らなかった。湾岸線に乗って、本当に〝深夜のドライブ〟に出かけた。

どうしても、観覧車を見たくなったのだ。私は、横浜のみなとみらい21へと向かった。あそこにも、《コスモロック21》という大観覧車がある。

大二郎のアイデアは、理論的には素晴らしいものだった。狙いどおりに、順調にことが運べば、仁科真に致命的なダメージを与えることができるだろう。

あくまでも、順調にいけばの話だ。

私も銀爺も、誘拐に関してはズブの素人だ。もちろん、大二郎も。素人が何人集まったところで、何ができる?

『まず、おれが、仁科真理子をデートに誘って、観覧車に乗せる』

大二郎は、自信たっぷりに言っていたが、果たして大丈夫だろうか?

まともな神経の女なら、あんな田舎ヤンキーみたいなファッションの男と、街を歩きたくない。どんな方法を使って、デートにこぎつけるのだろう?

爆弾は、朝子が用意することになった。一応、殺し屋として、必要最低限の爆薬の知識はある。ただ、観覧車を破壊できるほど強力な爆弾なんて、とてもじゃないけど作ることはできない。

『車一台を吹っ飛ばせれば十分やから』

大二郎は、直一郎のことがあったにもかかわらず、あっけらかんと言った。

『まさか、その爆弾を、観覧車のキャビンの数だけ用意しろって言うんじゃねえだろうな』

銀爺の問いに、大二郎は首を横に振った。

『ううん。二個あればいいから』

二個。貧弱な爆弾がたった二個で何ができるというのか？

ハッタリで押し通せるほど、誘拐は甘いものじゃないだろう。

『観覧車はどうやって止めるんだ？』

銀爺の次の質問に、大二郎が、またもやあっさりと答えた。

『おれ、今、門田組で借金の回収をやってんねん。スロットばっかりやってるニートを一人、借金をチャラにしてやるって条件で、すでに観覧車のスタッフに潜り込ませてる』

『半年後のために、そこまで動いてんのか？　なかなか、やるじゃねえか』

なるほど。用意周到だが、そのニートをそこまで信用していいのだろうか？　半年後の本番当日に、タイミングを間違えずに、観覧車を止めてくれるのだろうか？

考えれば考えるほど、リスクは大きい。

そして、一番の難点は、私が家族と閉じ込められることだ……。

『銀爺も朝子さんも、無理して観覧車に乗らんでもええんやで』大二郎は言ってくれた。

断ることもできるんだ。何を悩むことがある？

何のために、足を洗ったのよ。家族と幸せに暮らすためでしょ？

考えごとをしていると、あっという間に横浜に着いた。

みなとみらい21の観覧車のイルミネーションが、花火のように点滅している。

私は、車を降り、観覧車の前に立った。寒い。コートのポケットに手を突っ込む。潮の匂いがする。

観覧車か……。そう言えば、乗ったことないよな。

私には、両親はいない。捨てられたのだ。駅のトイレのゴミ箱に。

それが人生のスタート。教会に引き取られ、十三歳の時に、神父に犯されそうになった。

予感はしていた。私だけ、他の少女たちよりも発育が早く、神父の目つきが違っていたからだ。だから、いつもカミソリを隠し持っていた。

神父が、私の上に伸《の》し掛かり、臭い息を顔に吹きかけた。カミソリで、首の動脈を狙ったが、手元が狂って失敗。耳を半分切り落としただけだった。

少年院に放り込まれ、第二の人生のスタート。神父は、何の罪にも問われなかった。奴にだけ神様が味方し、私には振り向いてもくれなかった。

私は、荒れた。他人が傷つこうが、自分が傷つこうが、一向にかまわなかった。

少年院を出たり入ったりしているうちに、私には、人の体を壊す才能があると知った。ケンカはしたことがない。一方的に、私が壊すのだ。積み木を崩すのと同じ感覚。

私の人生は、いつか誰かに殺されて終わる。そう信じてきた。

そんな中、変な女と出会った。

名前は、ツキコ。

チビでおかっぱで、そばかすだらけの女。

『アタシが、朝子をマネージメントしてやる。二人で殺し屋ビジネスやろうよ』

これが、第三の人生のスタート。

『仕事なんだから、プライド持って殺さなきゃダメだよ』が、ツキコの口グセだった。

情けでは動かない。ギャランティだけが基準。

仕事の依頼は殺到し、私たちはトントン拍子で稼いでいった。

私が死体を作るたびに、ツキコが死体を片付けた。私の殺しの技術が上がるにつれ、ツキコの〝掃除〟の技術も上がる。いつしか、〝殺し屋〟の朝子よりも、〝掃除屋〟のツキコの方が、業界で売れ出した。殺しの仕事は毎日入らないが、死体は毎日、どこかで生まれている。

死体が生まれる。皮肉な表現だ。

〝掃除屋〟として忙しくなったツキコは、私と別れ、本格的に〝掃除屋ビジネス〟を立ち上げた。

ツキコに頼めば、どんな死体も跡形もなく消える。

そんな折り、ツキコの紹介で、〝仕立屋銀次〟と出会った。

『俺のボディガードをしてくんねえか？』

おじいちゃんのクセに、敵が多過ぎる。その上、探偵業で新たな敵がどんどん増えるからキリがない。

これが、第四の人生のスタート。

銀爺との仕事は楽しかった。ツキコの時ほど束縛はなく、のんびりと過ごせた。

殺しの数も激減し、そろそろ潮時だと感じた。

そんなある日、賢治と出会い、プロポーズされた。それも、ラーメン屋で。賢治は麺の営業で来ていたのだ。本人曰《いわ》く、『結婚を前提に付き合ってください』と言おうとしたが、緊張の余り、『結婚、お願いします』と言ってしまったとか。私は、オッケーした。殺し屋を辞めるチャンスが、天から降ってきたのだ。ロマンチックの欠片《かけら》もないシチュエーションだったが、私も一瞬で賢治を愛した。

これが、新しい人生のスタート。

この生活を失いたくはない。

私一人で大阪に行き、観覧車に閉じ込められるのは、余りにも不自然だ。全国的な騒ぎになる以上、家族にはバレてしまう。私が観覧車に乗るためには、家族を連れて行かないと……。

断ろう。

直一郎の最後の顔が頭を過る。私に手を振って、豪太の名前を褒めてくれた。

――断らなくちゃ。

あの子だけが死んだ。全員が死ぬ可能性があったのに。あの子だけが……。

――断りたくない。

私も、観覧車に乗ってケリをつけたい。私たち三人の胸に開いた穴は、半年後、仁科真を倒さねば埋まりはしない。

私は、もう一度、みなとみらい21の観覧車を見上げた。

ゴメンね、パパ。ゴメンね、優歌と豪太。これが、ママの最後のわがままだからね。

五月には、私の誕生日がある。決行日は、その日にしてもらおう。ゴールデン・ウィークの旅行として、家族を大阪に連れて行くのだ。

「やっぱり、ここだったのかい？　探したぜぇ。朝子、おめえ、携帯の電源切ってただろう」

背後から、銀爺の声が聞こえた。

「どうして、ここにいるとわかったの？」

「大二郎が、『天保山の観覧車と、みなとみらい21の観覧車の大きさは、ほとんど同じ』って言ってたろ。キャビンの数も、同じ六十台なんだってな。それを聞いたら、誰だって見てみたくなるだろうよ」

「……作戦どおりにいったとしても、本当に大二郎が無事に脱出できると思う？」

「正直、五分五分だろうな。それも、俺と朝子の協力があっての話だ」

観覧車からの脱出方法——。大二郎は、無謀ともとれる案を用意していた。

「で、どうすんだ？　観覧車に乗るのか？　乗らねえのか？」

「乗るわ」私は、大観覧車を見上げたまま言った。


帰り道、私は事故を起こした。

環七《かんなな》の歩道橋をくぐろうとした瞬間、フロントガラスに、コンクリートのブロックが落ちてきたのだ。

大事故になる前に、私は、ハンドルを切り、わざとガードレールに突っ込んで車を止めた。

誰かが、ブロックを落とした？

私は、車を飛び出し、歩道橋を振り返った。

誰もいなかった。

――前田。

死んだはずの男の影に、私は怯えた。

第三章　残り時間四十五分

二〇〇八年　五月

1　観覧車19号　身代金受け渡しまで、残り四十五分

あーあ。やっちまったい。

銀次は、首をさすりながら、床に転がる初彦の死体を見た。

このガキ……馬鹿力で絞めやがって。三途《さんず》の川が見えたじゃねえか。年寄りになんてことしやがんだ。

銀次は、初彦の腕時計で時間を確認した。

――午後、二時十五分。

身代金を受け取る予定の時間まで、ちょうど四十五分だ。

気がつくのが遅かった。誘拐の計画で頭がいっぱいで、新大阪から天保山までたっぷりと時間があったにもかかわらず、初彦のポケットのふくらみを見ていなかったのだ。

……前田の野郎。やっぱり生きてやがった。

『右目が白く濁っていて、見えてなかったような……』と、初彦は言っていた。

偶然じゃない。俺のことを狙う奴は山ほどいるが、隻眼《せきがん》の男は一人だ。

なぜ、自分で殺そうとしねえんだ？　いたぶって楽しんでいる気か？

銀次は、観覧車の周りに集まる群衆をぐるりと見回した。

警察……マスコミ……ヤジ馬。

どこに隠れてやがる。尾行してきたのは間違いない。どこかで、獲物を狙う獣のように、動かない観覧車を見ているはずだ。

やはり、五年前、直一郎を殺したのは前田だった。爆発のあと、こっちを見て笑っていたのは幻覚じゃなかったんだ。

上等じゃねえか。決着はつけてやる。

まず、死体だ。どうやって、この局面を乗り切る？

当然、初彦の死体は、計画の中に入っていない。

大阪の初彦から連絡があった時は、何て好都合なんだと小躍りした。この年になって、一緒に観覧車に乗ってくれる相手なんて見つかるわけがない。大二郎たちには言えなかったが、一人で観覧車に乗るのが恥ずかしかった。

石毛初彦か……。気のいい奴だったんで、可愛がってやろうかと思っていたのによ。スリの腕は、三流だったけどな。

銀次は、しきりに口髭《くちひげ》を撫でた。

参った、参った。参ったね、こりゃ！

初彦の死体から流れ出る血が、キャビンに赤い水溜《みずたま》りを作る。

一応、正当防衛なんだけど……通用しねえだろうなぁ。

百戦錬磨の銀次も、さすがに焦ってきた。

身代金さえ届けば、観覧車は動き出す。その時、観覧車の周りに群がっている警察やマスコミは、死体を見てどう思うだろう？

緊急事態だ。このピンチは、今までのスリ稼業の中でも、三本の指に入るだろう。

「すまねえ……大二郎、朝子」

銀次は、独り言を呟き、観覧車18号と17号を見た。この俺が、足を引っ張ることになるなんてな。

銀次は、ポケットから携帯電話を取り出した。反対側のポケットから、シワになった紙を取り出す。

大二郎と朝子のメールアドレスだ。

南無三。うまく打てるか？

緊急事態の時は、メールでやりとりすると決めていた。二人に付いてもらい、何度もメールの練習をしたが、いざ一人でやると不安で仕方がない。

アドレス帳に、二人のメールアドレスが入っているのだが、銀次は直接入力の方がやりやすかった。成功率が高かったのだ。

銀次にとって、メールは銃を奪うことよりむずかしかった。

えっと……メール、メール……。おいおい！　メールのボタンはどれだ？　ん？　EメールとCメール？　EとC、どう違うんだ？　Cメールなんてあったっけな？　コイツの携帯にはあるのか？

銀次は、死体のポケットから携帯を抜き取り、メールのボタンを押した。

んん？　こっちはSMSってのが出てきたぞ！　SMSって何だ？　SMなら知ってるけどよぉ。何で電話によって違うんだ？　一緒でいいじゃねえか。ややこしいなぁ、もう！

銀次は混乱し、やみくもにボタンを押してしまった。

《ブラウザ履歴をクリアしますか　はい　いいえ》と画面に出た。

誰か！　助けてくれ！

2　観覧車18号　身代金受け渡しまで、残り四十二分

何、今の音？

ニーナは、外を確認した。

せっかく、大二郎の過去を聞けると思ったのに、また爆発なの？

外は何も変わった様子はない。警察やマスコミにも、動きはない。駐車場のライトバンも消火され、煙はくすぶる程度しか出ていない。

……爆弾じゃないの？

爆弾にしては、音が軽く、乾いていた。

もしかして……銃声？

「音がしたよね？」ニーナは、大二郎に訊いた。

大二郎が、首を捻る。「いや、俺には聞こえなかったけど……」

「嘘？　あの音が聞こえなかったの？　結構、近くから聞こえたってば！」

近く……後ろだ。

ニーナは、斜め下の、観覧車19号を見た。さっきのおじいちゃんが見えた。携帯電話をか

けようと、パニックになっている。

何、あれ？

おじいちゃんの足元に、人が倒れている。

革ジャンの男だ。

「大二郎！　見て！　人が倒れてる！」

「マジ？」大二郎が驚いて、アタッシュケースを抱いたまま、窓に近づく。

「おじいちゃんが、銃を撃った……？」

「まさか。そんなわけないやん！　おじいちゃんやで？」大二郎が、大げさに否定する。

「だって、さっきの銃声っぽくなかった？」

「だから、俺は聞いてへんって！」

「ゲイの痴話ゲンカかな？」

「ゲ、ゲイ？」

「ゲイの年の差カップルっぽくない？　おじいちゃん、ネックレスを見ながらニヤニヤしてたし」

「違うやろ！」

倒れている男の下に、どす黒いものが見える。流血している。それも、尋常じゃない量だ。

「助けなきゃ……」

ケガ人を目の前にして、放ってはおけない。

――パパ。本当は、わたし、苦しんでいる人たちを助けるお医者さんになりたかったの。

「今すぐ、観覧車を動かして。あの人を助けないと」ニーナは、大二郎に詰め寄った。

大二郎が、激しく首を振る。

「早く！　動かして！　すぐに治療すれば助かるかもしれない！」

「……それはできない」大二郎が苦しそうに言った。

ニーナが、左手首の傷口を押さえていたハンカチを取った。「あの人が死ぬか、わたしが死ぬかのどっちかよ」


銀爺！　何をやってんねん！

大二郎は、叫びたくなるのを必死に堪えた。

この土壇場にきて、何のトラブルだ？

もちろん、大二郎の耳にも銃声は聞こえていた。聞こえないフリをした、自分の白々しい芝居にも腹が立つ。

何で、銃があるんだよ！　どっちが持ち込んだ？

銀爺とは思えない。革ジャンの男だろう。

ただのスリ師だったはずじゃないのか？　銀爺が撃ったのか？　あの男は生きているのか？　死んでいるのか？

ここまできて、計画は中止にできない。絶対に、絶対に、だ。

クソッ。あと一歩で、仁科真を破滅に追い込めるというのに。

「大二郎！　お願い！　動かして！」ニーナが、凄い剣幕で怒鳴った。ニーナの左手首から、再び血が滲み出す。

こっちも流血。あっちも流血。

どうなってんねん！

ニーナが、ハンドバッグから、鍵の束を取り出した。家や診療所の鍵だろう。

「ニーナさん、それで何をする気なん？」

ニーナは、答えず、鍵の先を、傷口に突き刺した。血が噴き出すのもかまわず、傷口を痛めつける。

この女は、なぜ、ここまでするのだ？　もっとクールで、他人のことなんて、どうでもいいタイプだと思っていた。

誤算だ。父親を憎んでいるからこそのキャスティングだったのに。

母さんといい、朝子さんといい、ニーナさんといい、俺の前に現れるのは、強い女ばかりだ。

「わかった。俺の負けや」

大二郎は、シートの上に、アタッシュケースを置いた。

「爆弾を解除してくれるの？」ニーナが、手を止めて訊いた。

「ニーナさん、ごめんな」

大二郎は、体を捻り、手刀をニーナの首に叩き込んだ。

――六分の力よ。

大二郎は、朝子の言葉を思い出した。

――それ以上、力を入れたらダメ。相手の首が折れるからね。敵が倒れたら、すぐに逃げること。トドメを刺そうなんて思わないでね。逃げるための技なんだから。

ニーナが、白目を剝いて倒れそうになった。大二郎は、頭を打たないよう、抱き止め、呼吸を確認する。

……よし。生きている。

大二郎は、胸を撫でおろした。

朝子さんとの、特訓が生きた。いくつかの護身術を習っていたのだ。相手を傷つける技は、決して教えてくれなかったが。

大二郎は、ニーナをシートに寝かせた。ハンカチで手首を縛り、止血する。どれくらいで目を覚ますのだろう？　見当もつかない。

急げ。時間がない。

大二郎は、携帯電話を取り出し、銀爺にかけた。

大二郎は、銀爺に向かって観覧車の窓を叩いた。銀爺が、携帯電話を耳に当て、捨てられた子犬のように、斜め上の大二郎を見上げる。

『すまねえ、大二郎。トラブルだ。悪い知らせと、さらに悪い知らせがある。どっちが聞きたい？』

「悪い知らせは？」

『初彦が銃を持っていた。うまく取り上げたんだが、首を絞められて撃ち殺してしまった』

最悪だ。よりによって殺してしまうとは。

「それよりも悪いことって？」

『前田が、やっぱり生きていた』

窓の向こうで、銀爺が頷いた。

3 観覧車17号 身代金受け渡しまで、残り三十五分

朝子のメールの着信音が鳴った。

緊急事態だ。

メールアドレスは昨日、変えたばかりだ。アドレスは、大二郎と銀爺の二人しか知らない。メールが鳴れば、すなわち、予測外の出来事が起こったということになる。

嫌な予感がする。

五分ほど前、銃声がした。殺し屋時代、何度も聞いた音だ。聞き間違えるわけがない。

「ママ、メールが入ったよ！」豪太が、元気よく、余計なことを言った。

家族の目が、朝子の携帯電話に集中する。特に、賢治は、中西のことで疑心暗鬼になっている。

トラブル続きだ。

まず、川上美鈴という女からの電話。

どさくさに紛れて、身代金を要求してくるなんて、いい度胸してるわね。家族を騙すため、怖がる演技を続けるのが大変だった。おかげで、夫のジェラシーを見ることができて楽しか

ったけど。『バ、バカモン！』だって。

朝子は、顔を真っ赤にさせて怒った賢治を思い出し、おかしくなった。

「誰からのメール？　まさか、中西じゃないよね？」賢治が、ジロリと朝子を見た。

思いっきり、疑っている。

朝子は、笑顔を作り、メールを見た。

《Hな奥様に朗報の不倫専用サイト！　素敵な男性に今すぐアクセス！》

朝子は、賢治にメールを見せた。当然、子供たちには、教育上良くないので見せない。

「ほら、見て。ただの迷惑メールでしょ？」

「何が書いてあるの？」豪太が、優歌に訊く。

「大人になったらわかるわ」と、子供の優歌が言った。

「本当に迷惑だな。こんなの送ってくる奴の気が知れないよ」賢治が、どこかしらホッとした様子で言った。

ただの迷惑メールではない。

《奥様》は朝子。《素敵な男性》は、大二郎。《今すぐアクセス》は、緊急に連絡が取りたいの意味だ。送り主のアドレスも大二郎だ。

――大二郎に、何かがあったのね。

同乗者にばれずに連絡が取れるよう、隠語を決めていた。大二郎のアイデアだ。迷惑メールならば、連続で入ってても怪しまれない。ちなみに、銀爺の隠語は、《痴女》だ。

「迷惑メールが入ってこないように設定するね」

朝子は、素早く《どうしたの？》と返信した。

賢治は、もうこっちを警戒していない。「みんなで、川上美鈴への仕返しを考えよう！」と、子供たちからアイデアを募集している。それはそれで、教育上良くないが。

「ガムを髪の毛につける！」と、豪太。

「親の悪口を言われるのが、精神的には一番効くよ」と、優歌。

連絡を取るなら今だ。

すぐに、メールが返ってきた。

「また、迷惑メールだわ。うっとうしいなぁ」

朝子は、三人に見えないように、メールを確認した。

《痴女のパートナーが悶絶死！》

大二郎が、また隠語で打ってきた。

は？　銀爺のパートナーって……革ジャン着ていたスリ師のこと？　悶絶死ってどういう意味よ？

さっきの銃声……撃たれた？　そもそも、なんで銃があるのよ！

《どういう意味？　隠語じゃなくていいから》と、素早く打ち返す。

「ママ、指がすごく速く動くね！」またもや、豪太が、元気に余計なことを言った。

賢治が、こっちを見た。

マズい。せっかく、警戒を解いたと思ったのに。

「なかなか設定できないから、イライラしちゃうの」と、ごまかす。

「貸してごらん。パパがやってあげるから」賢治が、朝子のメールを取ろうとした。

「いいの、いいの。自分でやるから」

朝子は、ひょいと賢治の手をかわす。

「パパに任せなさい。天然ボケのママにはむずかしいだろ」賢治が、若干ムキになって取ろうとした。

「自分でやりたいの！」朝子は、賢治に背を向け、携帯電話を守った。天然ボケはアナタよ！

メールの着信音が鳴った。

「またメールが入ったよ！　ママ、人気者だね」

最悪のタイミングで、大二郎からの返事がきた。次は隠語ではない。見られたら終わりだ。言い訳のしようがない。

優歌が、朝子の手から携帯電話を奪い、賢治に渡した。「ママ。少しはパパに活躍の機会をあげなよ」

しまった！　優歌はノーマークだった。さすが、私の娘だ。音もなく近づいてきた。

「任せなさい！」賢治が張り切って、メールを開く。

しょうがない。背に腹はかえられないわ。

朝子が、手刀で、賢治の手から携帯電話を叩き落とした。

「痛い！」賢治が手首を押さえて、悲鳴を上げる。

携帯電話がキャビンの床を、跳ねて転がった。

ごめんね、パパ。でも、こうするしかないの。

朝子は、狂ったように携帯電話を踏みつけ、最後は両手で真っ二つに折った。

ぜいぜいと、肩で息をする朝子を、夫と子供たちが見て震えている。

「……迷惑メールなんて大嫌い」

朝子は、強張った顔で、家族に笑いかけた。

4　観覧車19号　身代金受け渡しまで、残り二十九分

何やってんだ、朝子の奴は！　さっさと電話をかけてこいよ！

大二郎が緊急のメールを送ってくれてるはずだ。銀爺は、携帯電話を見つめながらジリジリと待った。

……それにしても、大二郎の奴、めちゃくちゃ怒ってたな。三十年ぶりぐらいに、人から叱られたぜ。

当たり前か。俺のせいで、ニーナを気絶させるはめになったのだ。身代金受け渡しの時、仁科真は、娘の無事を確認しようとするだろう。娘が電話に出ないとなると、身代金を払うわけがない。下手すりゃ、そのまま警察の突入もありうる。

銀爺は、観覧車の下で待機する警察を見た。ご苦労なことに、機動隊まで出動している。予定では、俺も朝子も、解放された人質として、観覧車を降りるはずだったのに……。

うんともすんとも言わねえぞ。壊れてんじゃねえのか、この電話？

窓の向こうの大二郎を見た。不安な顔で、こっちを見下ろしている。銀爺は、シビレを切らし、大二郎に電話をかけた。

『朝子さんから、メールきた？』大二郎が、すぐに出る。

「一向に入ってこねえぞ。ちゃんと打ってくれたのか？」

『打ったって！』

「何て打ったんだ？」

『まず、《Hな奥様に朗報の不倫専用サイト！　素敵な男性に今すぐアクセス！》って打ってん』

「それで？」

『朝子さんから、《どうしたの？》って返ってきたから、《痴女のパートナーが悶絶死！》って打ってん』

「で？」銀爺は、イライラしながら言った。

『そしたら、《どういう意味？　隠語じゃなくていいから》って入ったから、そのまま伝えたよ』

「あー！　じれってえな！　さっさと何て打ったか教えろよ！」銀爺が癇癪《かんしゃく》を起こす。

『何を逆ギレしてんねん。悪いのは、銀爺やろ』

「逆ギレってなんだ？　若者言葉を使うんじゃねえよ。打った内容をそっくりそのまま言え！」

大二郎の舌打ちが聞こえた。あっちも相当イラついているようだ。

『《銀爺がスリ師を撃ち殺した。至急、銀爺にメールして》って送った』

「おい！　正当防衛って言わなかったのかよ！　俺が殺人鬼みてえじゃねえか！」

『あとで説明したらええやん！』

「朝子の返事は？」

『それから返ってこないねん。銀爺の携帯にメールを打ってるんとちゃうかな？』

「時間がかかり過ぎだろ！」

『家族にバレずに打つのが難しいねんて』

「そっちから、向こうの様子は見えねえのか？」

『見たいのはやまやまやけど、家族に怪しまれるやん！』

「チクショウ……」

銀爺は、死体の腕時計を見た。

――午後二時三十四分。残り時間はあと二十六分しかない。

「何か手はねえのか？」銀爺は、すがるように言った。「大二郎。おめえ、いっつもマジックでいろいろなもの消してんだろ？　コイツを消してくれよ！」

『アホか！　タネもないのに、死体を消せるわけがないやんけ！』

死体を消す？

銀爺の脳裏に閃光が走る。

「一人いた」

『誰が？』

「どんな死体でも消せる奴だよ」

『はぁ？　そんな奴がおるわけないやん』

「いるんだよ。いいから待ってろ」

銀爺は、電話を切った。大二郎が、どういうことだ、と窓を叩く。

銀爺は、大二郎に背を向け、暗記している、〝タレ込み屋〟の番号にかけた。探偵稼業で、欲しい情報がある時は、この男を利用する。

『銀次さん。久しぶりじゃないですか？　まだ生きてらしたんですか？』タレ込み屋が、電話に出るなり冗談を言った。

「残念ながらな。俺はゴキブリよりもしぶといんだよ」

『先週の府中の最終レース、何を買いました？』

「すまねえ。ちっと急いでるんだ。馬の話は今度ゆっくりしようや」

『商売繁盛ですな。羨ましい限りです。こっちは不景気で、首をくくる寸前ですよ』タレ込み屋が、下品な笑い声を上げた。『で、用件は何です？』

「ツキコの連絡先が知りたい」

タレ込み屋が笑うのをやめた。

『これは、これは……』

ツキコは、凄腕の〝掃除屋〟だ。大昔に、何度か仕事をしたことがある。朝子を紹介してくれたのも、ツキコだった。ツキコと朝子のコンビは引っ張りダコで、いっとき、業界で、この二人を知らない奴はいなかった。

タレ込み屋が驚くのも無理はない。ツキコに連絡を取るということは、死体がそこにあると言っているようなものだ。

ツキコは、どんな悪条件の場所に転がっている死体でも、速やかに、誰にも気づかれずに処理する。よって、朝子が殺した相手は、ほとんどが〝失踪〟として扱われるのだ。死体が見つからなければ、捕まることはない。朝子が、殺し屋として生き残れたのも、ツキコのおかげだ。

――ツキコに消せない死体はない。

アイツなら、このピンチも何とかしてくれる。

5　観覧車18号　身代金受け渡しまで、残り二十二分

誰に電話してんねん！

大二郎は、銀爺の背中を睨みつける。

死体を消す？　タバコを消すのとは、わけが違うんだぞ？

無理に決まっている。確かに、人間を消すマジックは昔から、数多くある。檻《おり》に閉じ込められた人間が、一瞬にして、ホワイトタイガーに変身するマジックまである。フーディーニは、九十年前に象を消した。ラスベガスでは、空中に浮かべた自動車を、一瞬にして観客の前から消してしまうマジシャンまでいるという。だが、それもこれも、トリックがあっての話だ。トリックもなしに物体を消すことができれば、それは超能力だ。

大二郎の携帯電話が鳴った。

銀爺ではなかった。

《仁科真》の三文字が画面に点滅している。

――とうとう来た。勝負の時だ。

ニーナは、まだ気を失っている。俺が電話に出るしかない。

大二郎は、大きく息を吸い、下腹に力を入れ、電話に出た。「金は用意できたか？」

声色は使わない。俺の、ありのままの声だ。

『……犯人か？』男の声が、言った。

「ああ。そうや。お前は誰やねん？」

『真理子の父親だ』

大二郎の全身の毛穴が開いた。こめかみの血管が脈打つ。胸の奥底から、たとえようのない怒りが込み上げる。

この声が、十年間、憎み続けた男の声……。

低くて太い、よく通る声だ。大病院の院長という威厳を押しつけてくる。

この時をどれだけ待ったことか。すべては、この日のために準備をしてきた。仁科真。お前を破滅させるためにな。

『真理子は無事なのか？』

「無事や」

手首から血を流し、気絶はしているけどな。

『声を聞かせてくれ』

「先に金の話や。六億円は用意できたんか？」大二郎は、もう一度、訊いた。

『用意した。私の知人が、そちらへ向かって運んでいる』

仁科真の声には、少しも怯えが感じられない。娘を誘拐された父親にしては、冷静過ぎる。

冷血と言った方が近いのかもしれない。

「どうやって、運んできてるねん」

『車だ。パトカーに先導されているそうだ』

「今、テレビを見てるんか？」

『ああ。妻は怖くて見てられないと寝込んでいるがね』

「同情を誘うことを言うなや。わざとらしいねん」

大二郎は、窓の下のカメラマンたちを見た。

あの男が見ている中、必ず脱出してみせる。どうせ、俺のことを袋のネズミだと思っているだろう。

「金が観覧車の下に着いたら、もう一度、電話をしてこい。娘の声を聞かせるのは、それからや」

『ダメだ。娘の無事を確認できない限り、金は渡さない』

「交渉できる立場か？」

『娘の声を聞かせるんだ』

相手も一歩も引かない。

「俺が何で観覧車に立て籠《こも》ってるか、教えてやろうか？」

『……なぜだ？』

「一か八かなんだよ。命は惜しくない。失敗するぐらいなら死んでやる」

『……それだけは、やめてくれ』

「命令するのは俺や。わかったな」

大二郎は電話を切り、晴れ渡った空を見た。

直一郎、見てるか？

もう少しで、母さんと父さんの仇をとる。俺が逃げきる瞬間を、そこから見守っていてくれ。

6　観覧車20号　身代金受け渡しまで、残り十九分

七百万かぁ……。

川上美鈴は、ウットリと青い空を眺めていた。

アタシは、何てラッキーな女だろう。あぶく銭だ。パァーッと使ってやる。

まず、旅行だな。もちろん海外。どこに行ってやろう。まだ行ったことのない所……オーストラリア？　一度、エアーズロックってやつを見てみたい。でも、周りは日本人ばっかりなんだろうなぁ。しかも、新婚旅行。オーストラリア、ボツ。海を渡ってまで、カップルのイチャつくところを見せつけられたくはない。

日本人が少なくて、静かでゆっくりできるところ……コート・ダジュールなんていいんじゃない？　どんな所か全く知らないけど。ダジュールという響きがいいではないか。大人の女の避暑地って感じがするし。プールサイドの木陰で、白ワイン片手に読書。いい！　悪くない！　よし、決定！　今回の自分へのご褒美は、コート・ダジュールだ！

携帯電話が鳴った。中西からだ。

待ってました！

美鈴は、高鳴る気持ちを抑え、電話に出た。「中西さん、お疲れ様です。無事、ボストンバッグは受け取りました？」

『…………』返事をしない。

「もしもし？」

『…………』鼻息だけが聞こえる。

「中西さん？」

『裏切ったな……』中西が、低い声で言った。

「はい？」

『俺を裏切ったな……』

何を言ってるのよ、この男。声のトーンがおかしい。

「今、どちらですか？」

『観覧車の下だ』

「では、すぐにHEPのビルから出てください」

『違う。天保山の観覧車だ』

「え？　今、何とおっしゃいました？」

『天保山にいるって言ったんだよ。下を見てみろ』

何で、まだこっちにいるのよ！　美鈴は、大慌てでヤジ馬の中から中西を探した。

……いた。太っているから目立つ。携帯電話を耳に当て、こっちを見上げているではないか。

「そ、そんなところで、何をしているんですか？　早く、梅田に身代金を受け取りに行かないと、朝子さんの命が――」

『バレてるって』中西が、美鈴の言葉を遮る。

美鈴の全身から、冷たい汗が噴き出した。

『俺と朝子さんを騙しただろう？』

「騙す？　まさか！　アタシも人質なんですよ？」

『朝子さんから、全部聞いたよ』

「何をですか？」

『七百万は、俺が用意したんだよ。朝子さんから、貸してくれってお願いされたんだ、バーカ！』

美鈴は、金属バットで殴られたような衝撃に、立ち眩《くら》みがした。

「中西さん……結構、貯金があるんですね」

『ふざけんな、てめえ！　俺が用意した金を、何で俺が受け取りに行かなきゃなんねえんだよ！』

未《いま》だかつて、こんなマヌケな話があっただろうか。まさか、朝子が中西から金を借りるなんて……。

ありうる？　アタシだったら、あんな気持ち悪い男から、絶対に借りたくないって！

『ぶっ殺してやる……』

「だ、誰をですか？」

『お前に決まってんだろ』

「中西さん、落ち着いてください。冷静に話し合いましょう」

『俺は昔、料理人を目指していた』

「は？　何のお話ですか？」

怒り過ぎて、おかしくなったのか？

中西は、淡々とした声で話を続けた。『オヤジが中華のコックだったんだよ』

「はあ……」

『ただ、俺はオヤジみたいな、小汚い中華料理屋の主人にはなりたくなかった。味もロクにわかりはしない客のために、ギョーザを焼き続ける人生なんて、真っ平だったんだよ』

「……そうなんですか」

何のことか全くわからないが、とりあえず、話を合わせよう。話をしているうちに、中西もクールダウンするだろう。

『だから、俺はフレンチの道を選んだ』

「素敵ですね。アタシもフランス料理大好きです」

本当はイタリアンの方が好きだけど。

『高校を出て、調理師の専門学校に入った。フランスにも留学したよ』

「へーえ。いいな〜。アタシも行ってみたいんです。コート・ダジュールとか」

『トントン拍子で、西麻布の有名店に就職が決まった』

「すごいじゃないですか！」

あ・ざ・ぶ？　サモハン・キンポーみたいな顔して麻布って！

『オヤジはメチャクチャ喜んでくれたよ。就職祝いに、グローバルの高級ナイフセットを買ってくれたよ。一人前になったら、このナイフでワシに美味い料理を作ってくれ、ってな』

「いい話ですね」

何の自慢だ？

『先輩にイジメられて、すぐに辞めたけどな』

「それは……残念なことで」

『そのナイフがボストンバッグに入っている』

「えっ？……何に使うんですか？」

『お前を刺すためだよ』

おいおいおいおいおい！

「じょ、冗談はやめてください。こんなに、お巡りさんがいるんですよ」

『朝子さんにフラレたら、自殺しようと思って持ち歩いてたんだ』

あのナイキのボストンバッグに、そんな物が入ってたの？

『見てろよ。お前と朝子さんを殺して、切腹してやるからな』

7　観覧車19号　身代金受け渡しまで、残り十四分

『やだ！　銀爺？　久しぶりじゃない！　びっくり。まだ生きてたんだ』ツキコが、弾んだ声で言った。

「大きなお世話だ」

『懐かしいわねぇ～。朝子は元気にしてる？　あの子、結婚して堅気になったって本当なの？』

「ツキコ、悪い。世間話をしているヒマはねえんだ」銀次は、やきもきしながら言った。

『もしかして、仕事の話？』ツキコが迷惑そうに返す。

「今すぐ〝掃除〟したい死体があるんだ」

『ゴメン。今はNG。プライベートで北海道に遊びに来てんのね。ちょうど、味噌バターラーメン食べてるところ』

「どこだっていい。どうせ、こっちも大阪なんだ。俺が自分で〝掃除〟するから、アドバイスをくれ」

『大阪？　たこ焼きでも食べに行ったの？』

「ツキコ、急いでくれ。本当に時間がねえんだ」

『アドバイスだけでも、正規の料金もらうわよ』

「ああ。わかってる」

『死体は男？　女？』

「男だ」

『身長と体重は？』

銀次は、初彦の死体を見た。チクショウ。無駄にでかいな、コイツ。

「百八十の七十五キロってところだな」

『大きいわね。死因は？』

「俺が銃で撃ったんだよ。言っとくけど、正当防衛だからな」

『どこを撃ったの？』

「腹だ」

ツキコが舌打ちをした。『血まみれってわけね』

「B級ホラー映画みてえだ」

『今、死体はどこにあるの？』

「それが、観覧車の中なんだ」

『えっ？　観覧車？』

「観覧車は止まっている」

どうやら、ツキコはテレビを見ていないらしい。

『どういうこと？』

「説明している時間はねえんだ」

『〝掃除〟のタイムリミットは？』

銀次は、死体の腕時計を見た。

午後二時四十七分——。ヤバい。

「あと十三分だ」

『ええっ！　ムチャ言わないでよ！』

「頼れるのは、おめえしかいねえんだよ」

『驚いた……。口からコーンが飛び出たわ』

「どうすればいい？　指示を出してくれよ」

『指示も何も……。ゴールデン・ウィークだから、周りに人はいっぱいいるわよね？』

「ウジャウジャいやがる」

『お手上げね。諦めて自首したら？』

「おめえならできるはずだ。後生だから、考えてくれよ」

『アタシは魔法使いじゃないのよ。あまりにも条件が悪過ぎるわ』

「頼む。何としてでも、この観覧車から脱出しなくちゃならねえんだよ」

『不可能よ』

「その言葉を俺が嫌いなの、知ってんだろ？」

『アタシも嫌いよ』

「俺一人の問題じゃねえんだ。この死体を何とかしねえと、大切な仲間の身まで危なくなる」

『アタシに関係ないことよ』

「その仲間の一人が、朝子でもか？」

ツキコが黙った。怒っているのがわかる。

しばしの沈黙のあと、ツキコが言った。『あの子、堅気に戻ったんでしょ？』

「すまねえ。俺が巻き込んでしまった」

『朝子……子供はいるの？』

「ああ。十歳の娘と八歳の息子がいる」

『そうなんだ。朝子もママになったんだ』ツキコがしみじみと言った。

「指示をくれ。朝子のためなら何でもする」

『……わかった。とりあえず、そこから脱出できればいいのね』

「ツキコ、ありがとうな。恩に着るぜ」

『お礼なんていいわよ。その代わり、必ずアタシの指示に従ってもらうからね』

「わかってるよ。どうすればいい？」

『銃に弾は残ってるの？』

銀次は、銃を確認した。

「四発あるけどよ……銃なんて何に使うんだ？」

『死体をもう一つ作るのよ』

「誰の死体だよ？」

『銀爺に決まってるでしょ。他に誰がいるのよ』ツキコが、あっけらかんと言った。

8　ニーナの実家　身代金受け渡しまで、残り九分

……そう言えば、真理子と観覧車に乗ったことはないな。

仁科真は、リビングのソファーに座り、テレビの画面を眺めていた。

興奮したリポーターの実況に、むしょうに腹が立つ。ベラベラと視聴者を煽るようなコメントを並べているだけだ。まるで、観覧車の爆発を望んでいるかのようだ。リモコンで消してしまいたい。

「仁科さん。安心してください。犯人も馬鹿じゃありません。娘さんはきっと無事ですよ」

ソファーの後ろから、刑事の一人が言った。

馬鹿だから、こんな無謀な犯罪を起こすんだよ。お前も馬鹿だろ？

無骨で無能な警察官たちに、我が物顔で家を占拠されているのにも腹が立つ。馬鹿がどれだけ集まっても何も解決はしない。一緒にテレビを見ているだけではないか。

「身代金も、我々が必ず取り返しますのでご安心ください」

「お気遣いありがとうございます」真は、疲れきった父親を装い、会釈《えしゃく》をした。

見え透いた嘘をつくな。犯人に盗られてしまうことを期待しているんだろ？

犯人から、六億円を要求された時、刑事たちは心底気の毒そうな顔をした。そんな大金を払えるわけがないと。

『我々が交渉人を用意しますので、何とか犯人を説得しましょう』

しかし、真は交渉人を断り、あっさりと六億円を用意した。

刑事たちの顔色が変わった。卑屈な貧乏人の妬《ねた》みが手にとるように伝わってきた。

警察に任せる気はない。これは、自分が売られたケンカだ。自分自身でケリをつける。

真理子を誘拐したのは、何者なんだ？　敵は数えきれないほどいるが、ここまでのことをやってのける度胸のある人間はいない。しかも、行方をくらましていた真理子を見つけ出したのだ。

真の携帯電話が鳴った。リビングに緊張が走る。

大阪府警からだ。身代金を運ぶ、真の〝知人〟を先導している。

『天保山に到着いたしました。犯人の次の要求を訊き出してください』

たまたま、知人が大阪にいてくれてラッキーだった。事件のことを知り、自分から身代金の引き渡し役を買って出てくれたのだ。なるべくなら、二度と会いたくない知人だが。

知人の名は前田と言った。それが本名なのかわからない。

前田には、昔も、一度助けられたことがある。

真は、五年前の夏を思い出した。

ルポライターを名乗る男に恐喝された。どこからか、真の裏の仕事を嗅《か》ぎつけたのだ。

――豊胸手術を利用しての麻薬の密輸。麻薬の詳しい種類は知らない。知りたくもなかった。そんなことより、バブルの崩壊でできた莫大な借金を返すので精一杯だった。面白いほど借金は増えていった。このままでは、自社ビルも、家も、家族も失ってしまう。

真は、プレッシャーとストレスのためにギャンブルに溺《おぼ》れた。高級マンションの一室で行われる、高レートの賭けマージャン。もちろん、非合法だ。勝ったり負けたりを繰り返し、借金を減らすどころか、胴元の暴力団、《稲尾会》に新しい借金を作ってしまった。

『先生に、ぜひとも協力していただきたいお仕事があるんです。簡単なお仕事ですよ。私たちが紹介する患者の胸から、〝ある物〟を取り出してくれるだけでいいんです』

稲尾会からの危険な誘惑に、真は身を任せるしかなかった――。

ルポライターに恐喝されて、破滅を覚悟した。稲尾会に相談したところ、前田を紹介されたのだ。

何があったかは知らない。知りたくもない。前田は右目を負傷で失明し、ルポライターの恐喝がぴたりと止んだ。

稲尾会との腐れ縁はまだ続いている。身代金のほとんども、稲尾会が貸してくれた。

もし、犯人から取り返すことができなければ……。

その先を想像したくはなかった。

もしかすると、真理子は助からないのかもしれない。そんな予感がした。

いや、違う。真理子の命を犠牲にしてでも、六億円が返ってきてくれ。心のどこかで、そう願っている自分がいる。

私は、本当に娘を愛しているのだろうか？

十年前。真理子は、突然、家族を捨てて失踪した。理由はわからない。麻酔ミスで、患者が死んだことがショックだったのだろうか。それとも自分と稲尾会との関係を知ったのか。

いずれにせよ、真理子との間にある深い溝は埋まることはないだろう。

真は、娘の笑顔を思い浮かべた。

『パパにもサーフィンを教えてあげる。今度、一緒に海に行こうよ』

結局、一度も海には行かなかった。借金や稲尾会とのことがなければ、行っていたかもしれない。汚れた世界にどんどん足を踏み入れていく自分に、娘を近づけたくなかった。

真理子は純粋で、正義感の強い子だった。曲がったことが何よりも嫌いで、理不尽な医学の世界のしくみに、よく涙を流して抗議していた。

あの子は、医者には向いていなかった。真は、真理子が姿を消した時、ホッとしている自分に気づいた。

それが、こんな形で再会するとは……。

「仁科さん！　犯人と連絡を取ってください！」指揮を執っている刑事が急かす。

真は、自分の携帯電話で犯人にかけた。

『金は着いたか？』犯人が出た。声は若い。明らかに十代か二十代だ。そして、大阪弁のイントネーション……。

誰なんだ、コイツは？

全く心当たりがない。

「約束どおり、娘の声を聞かせろ」

『焦んなや。先に、受け渡し方法を教える』

横柄な態度に怒鳴りつけてやりたくなる。

「……どうすればいいんだ？」

『身代金を一千万ずつに分けろ』

「何だって？」

コイツは何をするつもりなんだ？

スピーカーで聞いていた刑事たちも顔を見合わせる。

『何べんも言わすなや。六億円を六十個に分ければええねん』

9　観覧車19号　身代金受け渡しまで、残り二分

死体を消せないのならば新しく作る、か。

なるほどね。

銀次は、銃の引き金に指をかけて、独り言を呟いた。

『それ以外に方法はないわ。覚悟を決めて』

ツキコの言葉が、耳の奥に残っている。

俺が死体になれば、警察に捕まることはない。死んでるんだから、当たり前だ。

密室に死体が二つ。下手なミステリー作家が喜びそうな題材だな。

この方法が一番いい。銀次は自分に言い聞かせた。もとはと言えば、自分が蒔《ま》いた種だ。

五年前のあの日、赤松兄弟と出会ったのも運命だったのだろう。天涯孤独の身だった俺は、孫ができたような気になって浮かれていたのかもしれない。

今、考えると結婚していてもよかったかな。家族を持つのも悪くはねえな。結婚して、子供が生まれ、その子供が孫を作る。孫たちに小遣いやお年玉をやり、『おじいちゃん』と呼ばれる。

この俺が？　考えただけでも笑っちゃうよな。

遠い昔、愛した女は何人かいた。ただ、裏稼業に巻き込むことを恐れて、その先に進まなかったのだ。

観覧車に乗り込む前、朝子の家族を初めて見た。堅物そうな旦那と、朝子にそっくりな女の子に、旦那によく似た男の子。そこに、殺し屋の朝子はいなかった。

幸せそうじゃねえか、朝子。正直、羨ましくてしょうがないぜ。

銀次は、直一郎の最後の姿を思い出した。おどけて敬礼する直一郎の笑顔を。

俺が殺したようなもんだ……。
銀次は、目を閉じた。この復讐劇を、中途半端で終わらすわけにはいかねえ。
そして、引き金を引いた。

第四章　脱出

現在

1　観覧車18号　悪夢

男が追いかけてきた。暗くて顔が見えない。わたしの首を絞めようとしている。殺される。走って逃げようとしても、雲の上にいるようで足が前に進まない。

パパ、助けて。

わたしは、銃を持っていた。男に向けて撃つ。

銃声。

男が胸から血を出して死んだ。わたしは男の顔を見る。パパだった。パパが口から血を流して死んでいく……。

ニーナは、悪夢にうなされ、目を覚ました。

首筋にびっしょりと汗をかいている。嫌な夢だった。一瞬、自分がどこにいるのかわからなくなる。

……観覧車だ。大二郎に殴られて気を失っていたのだ。

「おはよう」大二郎が、携帯電話をニーナの耳に当てた。

『真理子！　真理子か？』電話の向こうからパパの声が聞こえる。

「パパ……」

一瞬、何が起こったのか理解できない。

『無事か？　何もされてないか？』

ニーナは、左手首を見た。出血は止まっている。

『ケガはないか？』

紛れもなく、娘を心配する父親の声だ。

「うん。大丈夫だから心配しないで」

朦朧《もうろう》とする意識のおかげで、ニーナも娘らしく素直に答えることができた。

『身代金を用意したからな。もう少しの辛抱だ』

「うん」

『必ず無事に家に帰って来るんだぞ』

「うん」

『そして、パパを海に連れて行ってくれ』

「うん」

『約束だぞ』

「パパ」

『何だ？』

「ありがとう」

やっと言えた。

パパを許したわけではない。家にも帰らない。一緒に海にも行かない。だけど、この言葉だけは言いたかった。

大二郎が電話を代わった。「満足したか。娘にまた会いたいんやったら、さっきの指示どおりに動けよ。ええな。少しでも変なマネをしたら観覧車を爆破させるからな」

大二郎が電話を切った。

「何の指示よ？」

ようやく意識がハッキリしてきた。殴られた首筋が痛い。

「すぐにわかるよ」大二郎が、そっけなく答える。

「女に暴力振るうなんてサイテーね。しかも不意打ちだし」

「そうでもしないとニーナさんを止められなかったからな。ニーナさんに死んでもらったら困るねん」

　ムカつく。男に殴られた経験がないわけではないが、いいように気絶させられたのが悔しかった。自分のいない間に、身代金の交渉が進んでいたのだ。

　ニーナは、左手首に巻かれていたハンカチを剝ぎ取った。

「残念ね。わたし、けっこう執念深いの。今すぐ他の人質たちを解放して」

「アカン。大人しくしてや」

「するわけないでしょ！」ニーナは、もう一度、傷口に嚙みつこうとした。

　大二郎がパッと左手を上げた。

　殴られる！　そうはいくか！　ニーナは、右腕で、自分の顔をガードした。

　カチャン。

　ニーナの右手首に手錠がはめられた。いつのまに、そんなもの出したの？

　カチャン。

　シートの手すりに手錠をつながれた。

　カチャン。

　もう一つ、手錠が出てきた。左手首にはめられる。

　カチャン。

その先をドア側の手すりにつながれる。

あっと言う間にニーナは、シートに座ったまま、キリストのようにはりつけにされてしまった。抵抗の余地が全く無かった。大二郎は、素早くよどみない動きで、ニーナをコントロールしたのだ。

「これで、ひと安心」大二郎が、手を払う。

「何すんのよ！」どれだけもがいても、身動きがとれない。「離せよ！　ちくしょう！」

大二郎が、床に落ちているハンカチを拾い上げる。「血だらけやけど我慢してな」

そのハンカチで猿ぐつわをされた。自分の血の味がする。

「舌を嚙み切られたら困るからな。ニーナさん、根性あるし」

「ウウッ！　ウウー！」ニーナは、唸り声を上げることしかできなかった。足をバタつかせ、大二郎を蹴ろうとしたがヒョイとかわされる。

悔しすぎて涙が出た。何もできない自分にムカついて仕方がない。

「ニーナさん、泣かんとってや。もうすぐ終わるから」大二郎が、申し訳なさそうに言った。

唐突に、観覧車のスピーカーが鳴った。

『……え？　これを本当に読むんですか？　僕が？』係員の戸惑う声が聞こえた。

「ええから早く読めや」大二郎が、スピーカーに向かって毒づく。

『……今から犯人の要求文を読み上げます。乗客の皆様、どうか落ち着いてお聞きください』ガサガサと紙の音をマイクが拾った。

要求文？　何よそれ？

ニーナが、大二郎を睨みつけた。

「ニーナさんが、気を失っている間に、メールで警察に送ってん。身代金が届いたら、係員にそれを読み上げてもらうように指示を入れてな」

係員が緊張した声で、声明文を読み始めた。

『人質の皆様、こんにちは』

2　観覧車17号　要求文

こんにちは？

賢治は、スピーカーを見つめながら、ア然とした。なんて、人を舐めきった言いぐさなんだ？　また、ニセの犯人じゃないのか？

もう、何を信じていいのかわからなかった。朝子は、狂ったかのように携帯電話をぶっ壊すし……。

その朝子は、子供たちと手をつなぎ、スピーカーの声に聞き入っている。

係員が、要求文の続きを読む。

『長い間お疲れさまでした。身代金が届きましたので、ようやく皆様は解放されることとなります』

「解放って何？」豪太が訊いた。

「お家に帰れるのよ！」優歌が嬉しそうに言った。

「ヤッター！」豪太が飛び上がって喜ぶ。

「その前に、川上美鈴に復讐だよ」優歌が、豪太の頭を撫でる。

『最後に、皆様に協力していただきたいことがあります』

「シッ！」賢治が、子供たちに静かにするよう、人さし指を口に当てた。

『今から観覧車を動かしますが、決して降りないでください。もう一度繰り返します。一人でも勝手な行動を取ると、この観覧車に仕掛けられてある爆弾が爆発します。全員が無事に帰れるように、必ずルールは守ってください』

この人数の人間に、一体、何をさせる気なんだ？

賢治は、身構えて聞き耳を立てた。

『まず、係員の者が、皆様に身代金の一部を渡していきますので受け取ってください。くどいようですが、誰も観覧車を降りないようお願いします。一緒に乗っている大事な家族や恋人、友達の命を考えて行動してください』

身代金を渡すだと？　人質に？

犯人の目的は何なのか、皆目見当がつかない。

「動いた！」豪太が、叫ぶ。

とうとう、観覧車が動き出した。

「豪太。まだ降りちゃダメだからね」優歌が、豪太を自分の膝に乗せる。

「うん、わかった。もうすぐ終わるんだよね？」

朝子が頷いた。顔が曇っている。疲れきっているのか、携帯電話を壊してから極端に口数が少ない。

観覧車が、ゆっくりと、降りていく。

大阪の景色が、静かに、変わる。

賢治は、高所恐怖症を完全に克服していた。今回の事件で、確実に自分の中で何かが変わっている。父親としての在り方に、否が応でも気づかされたのだ。

一生懸命に働くこと。それが父親の務めだと思っていた。それさえ、頑張っていれば、幸せになれると思い込んでいた。家に帰って、風呂に入り、子供たちの寝顔を見て、安心しきっていた。

今までの私は、何て、愚か者だったんだろう。

どんな危機に直面しても、命懸けで家族を守る。火事だろうが、地震だろうが、隕石が地球に衝突しようが、守り抜く。それが、父親だ。そんなわかりきったことを忘れていたなんて。

賢治は、妻と子供たちを見た。三人とも、窓の外をじっと眺めている。

まだ、終わっていない。最後の最後まで、気を抜くな。父親の仕事をまっとうしろ。

「次の旅行は、どこに行こうか?」

賢治は、三人の緊張をほぐそうと声をかけた。

「アメリカ!」豪太が、真っ先に言った。

「アメリカか……ちょっと遠いな」

「ナイアガラの滝で泳ぎたいんだ!」

「それは素敵な夢だ。死んじゃうけどな。優歌は?」

「阿蘇山」優歌が、嬉しそうに言った。

「それは、また……何でかな?」

「何となく!」優歌もまた、嬉しそうに言った。

「朝子は？」賢治は、朝子に顔を向けた。

朝子の顔はまだ暗い。いろんなハプニングがあったのだ、無理もない。

「私は……」朝子が考え込む。

「どこでもいいよ」賢治は優しく尋ねた。

「また観覧車がいいな」

「えっ？」

「ちゃんと、家族で観覧車を楽しみたいの」

まさか、こんな目にあったのに、そうくるとは思ってもみなかった。

「……どこの観覧車に乗ろうか？」

「横浜のみなとみらい21にあるでしょ。あれに乗りたいな」

「ボクも乗りたい！　中華街でシューマイも食べたい！」豪太が賛同する。

「わたしも。阿蘇山は大人になってから一人で行くね」優歌も、朝子に微笑みかけた。

「よしっ。じゃあ、次の旅行は横浜だ。お家から近いから、来週の土日にパパが連れてってやる！」

賢治の宣言に、家族が歓声を上げた。

「約束だよ！　パパ、指切り！」豪太が、小指を出した。「嘘ついたら？」

「パパは嘘をつかない」賢治が指を絡める。

指を切った時、ちょうどキャビンが地上へと着いた。

家族の間に、緊張が走る。

丸坊主の係員が、ドアを開けた。真っ青な顔をしている。「身代金の一部です。受け取ってください」係員が、震える手で、分厚い札束を渡し、すぐさまドアを閉める。

何だ？　この額は？

「すげえええ！」豪太が、驚きのあまり、ジェームズ・ブラウンのようにシャウトした。

百万円の束が、一、二、三、四……。一千万円もある。

キャビンは、賢治たち家族と大金を乗せて、再び上空へと昇っていく。

こんな金を、どうしろと言うんだ？

賢治の手も、係員と同じく震えた。

3　観覧車20号　札束

ひ、人が死んでるんですけど……。

美鈴は、前方のキャビンを覗き、恐怖に震えていた。観覧車が止まっている時は、角度的に見えなかった。

しかも、二人も死んでいた。血だらけで重なり合うように倒れている。観覧車が動き出し、こっちのキャビンが上に来てわかったのだ。

いつ死んだの？　止まっている時、パン、パンって二回ほど聞こえたけど……もしかして、銃声ってやつ？　てっきり爆竹かなんかだと思ってた！

スーツのお洒落《しゃれ》なおじいちゃんと、この陽気に革ジャンのブサイク男だった。観覧車に乗る前、男同士で並んでいたからハッキリと覚えている。

人質同士で殺し合い？　わけわかんないよ！　極限状態で頭おかしくなっちゃったの？

もう少しで地上に着く。二人の係員が、札束を手に、必死の形相で動いている。

マジで、身代金を渡してるよ。犯人の要求どおりだ。

みんな、いくら、受け取ってるの？　美鈴は、係員の手元を凝視した。

すっごい分厚いんだけど……。美鈴のノドがありえないぐらい大きな音で鳴った。

人質に身代金を配るなんて、スケールのデカい犯人ね。やっぱ本物は違うわ。

丸坊主の係員が、一つ前のキャビンのドアを開けた途端、悲鳴を上げた。

「し、死んでる！」腰を抜かし、キャビンの中を指す。

そうなのよ！　死んでるのよ！

「ドアを閉めろ！」もう一人の係員が叫ぶ。自分は近づこうともしない。

腰を抜かした丸坊主の係員が、生まれたての子鹿のようにガクガクと立ち上がり、なんとかドアを閉めた。続いて、美鈴のキャビンのドアを開ける。

「ほら！　金！」

もう一人の係員が、連携プレーで丸坊主に札束を渡す。

「俺、もう嫌だ……」丸坊主が半泣きで札束を受け取り、無造作に美鈴に渡した。「身代金の一部！　受け取って！」

丸坊主がヤケクソになり、ドアを叩きつけるように閉めた。もう一周だ。

手の中の札束がズシッと重い。百万円が十束、バラバラにならないよう、ビニール紐で一つにまとめられている。古新聞じゃないんだから……。

一千万よ、一千万！　ピン札の甘い香りが鼻腔をくすぐる。美鈴は、本物の金かどうか、すぐさまチェックした。

ほ・ん・も・の。

死体のことなんて、頭から吹っ飛んでしまいそうだ。

こんなのあり？　七百万円を取り損ねたと思ったら、一千万円をもらっちゃった。

美鈴は、振り返り、後方のキャビンを確認した。係員たちは、せっせとドアを開け、札束を乗客たちに配っている。

もらえるわけないよね……。そんな美味しい話があるわけない。……人質に取った迷惑料とか？　ないないないないない！

それよりも、中西を何とかしなくちゃいけない。

『お前と朝子さんを殺して、切腹してやる』

美鈴は、中西の淡々とした口調を思い出し、身震いをした。

人質から解放されて、すぐに刺されるなんて、そんなアホな、である。あんなデブのストーカーに殺されるぐらいなら、爆弾で死んだ方が百倍マシだ。

何とか刺されるのを回避できないものだろうか？

死体を見たあとでは、なおさらそう思う。あんな風に血まみれで死んでたまるか。

朝子に説得してもらうしかないか……。騙そうとした手前、電話しづらいが、事情が事情だ。向こうは家族連れだ。自分も刺されるかもしれないとわかれば、何とか説得に乗り出してくれるのではないか。

そうだ。それしかない。中西も朝子の声を聞けば気が変わるだろう。

美鈴は携帯電話を取り出し、朝子にかけた。つながらない。っていうか、電源が入っていない。

こんな非常事態に何やってんのよ！　充電が切れたの？　マズい。八方塞がりだ。このままでは、マジで刺される。相手は、元料理人。ナイフ捌《さば》きには長《た》けている。

何か武器でもない？

美鈴は、ハンドバッグの中身を漁った。

何にもない。尖《とが》っているのは、ボールペンぐらいだ。ナイフと戦うにはあまりにもショボい。せめて、痴漢撃退グッズでも持ってくれれば良かった。家に埃《ほこり》をかぶっている催涙スプレーがあったのに。せっかく東急ハンズで買ったものの、自意識過剰と思われるのが嫌で、持ち歩いてないのだ。

武器、武器、どこかにないか……。考えろ、美鈴！　悪知恵だけがアンタの取り柄でしょ？　隣の死体みたいになりたくなければ……隣？

あった！　銃だ！　あの音が銃声だとしたら、隣に銃があるはずだ！

銃なら十分にナイフに対抗できる。もし、弾が残っていなくても、脅しの道具として使えるし。

アタシってば天才。ピンチほど、頭が冴えるのよね。あとは、どうやって、隣の銃を取るか……。

美鈴の乗ったキャビンが、頂上の手前に差しかかった。

さっきは、この位置ぐらいで止まったのよね……。

そう思った瞬間、また観覧車が止まった。

「おいおい！　またかよ！　何がしたいわけ？」

美鈴は、思わず一人で声を荒らげた。

4　観覧車18号　告白

「六億円を全部配りきったか？」大二郎が携帯電話で言った。

電話の相手は大阪府警だ。観覧車を止めるよう指示を出したのも大二郎だ。

ニーナは、目だし帽で顔を隠している大二郎を見た。係員に顔を覚えられないように被《かぶ》っているのだ。ドアを開けた係員は、ギョッとしながら、一千万円を渡していた。横目で、猿ぐつわではりつけにされているニーナを見て、さらに仰天していた。

だが、これで、このキャビンに犯人がいると教えたようなものだ。

「次の要求をメールで送るから、また係員に読み上げさせろ」

大二郎が、あらかじめ、用意していたメール文を送信した。大きく息を吐き、目だし帽を脱ぐ。

「あと一息や。九回裏ツーアウト満塁ってとこやな」

大二郎が、窓に両手をべたりとつけて、外を見た。遠い目で、大阪の景色を見つめている。最初に見せた横顔だ。哀しく、それでいて、なぜか優しく微笑んでいる。

「どんな時も、ロマンチックに生きろ」大二郎が、語りかけるように口を開いた。視線は窓の外を向いたままだ。

「それがオトンの口癖やった。オトンは変な人やった。毎朝、納豆トースト食べて、映画のラストシーンを見ながら、オカンとキスしとった」

大二郎が唇を嚙みしめ、鼻から息を吸った。

「オカンも変な人やった。歌が大好きで、俺たち兄弟に『魂を込めて歌え』と強制した。めっちゃ美人で……俺はいつも友達に自慢しとった」

大二郎の声が、震え出した。

「アニキは……頭が良くて、行動力があって、カッコよかった。俺は、金魚のフンみたいにくっついて、アニキのマネばっかりしてた」

大二郎の目から、涙がこぼれた。

「俺の家族は変な家族やった。でも、どこの家族にも負けへんぐらい幸せやった」

窓から、手を離し、ニーナの方に向き直った。涙で両目が真っ赤になっている。

「十年前、仁科クリニックが医療ミスで患者を死なせた」

坂本仁美のことだ。

「患者の夫が、怒り狂って看護師を誘拐した。あげくの果てにバスジャックをした」

覚えている。忘れるわけがない。夫が事件を起こしたおかげで、仁科クリニックは、裁判に勝ったのだ。

「そのバスに、俺は乗っとってん」

ニーナは、目を見開いた。

「オカンとアニキも乗ってた」

当時の新聞の記事が、脳裏に甦る。

《小学校女教師、警察の銃弾で重傷》

それが、大二郎の母親だなんて……。

「オカンは植物状態になって、この十年間、ずっと入院している」大二郎が、窓の東側を指した。「あの病院にな」

何てことだ。十年前から、わたしと大二郎はつながっていたのだ。

「オトンは入院費用を稼ぐために、トラックの運転手になった。無理し過ぎて事故を起こして、後遺症で頭がおかしくなってもうてん」

父親までも？

「オトンはあの病院に入院している」

大二郎は鼻水をすすり上げて、さっきとは別の方向を指した。涙がとめどなく溢れ、グシャグシャになっている。

「俺たち兄弟は、復讐を誓った。だが、五年前、仁科真に近づいた時……アニキは殺し屋に殺された」

殺し屋？　何よ、それ？　どういうこと？

「仁科真は、麻薬の密輸にかかわっているねん」眉をひそめるニーナに、大二郎が説明した。

……麻薬。……パパが？

信じたくなかった。だが、大二郎の言葉に、嘘は見えなかった。

「アニキは、あの山の霊園で眠っている」

大二郎が北東の山を指した。

「観覧車を復讐の場所に選んだのは、そういうわけや。家族のみんなに見せたかってん」

スピーカーが鳴った。

係員が、さっき大二郎が送った要求文を読み上げる。

『次のルールを説明します。このルールが最後です。これさえ守っていただければ、すべてが終わります』

大二郎が涙を拭き、ニーナの顔を見た。その目に、憎しみはなかった。許しを乞うている者の目だ。最初に観覧車が止まった時、大二郎は『巻き込んでゴメン』と謝ってきた。この観覧車に乗っている間、ずっと、その気持ちだったのだろう。

『まず、代表者を決めていただきます』係員が、戸惑う声で説明を続ける。『各キャビンで、皆様の中から、一人だけ、一千万円を運ぶ人間を決めてください。制限時間は一分です』

一千万円を運ぶ？　どこに？

『一分後、観覧車が動き出しますので、代表者の方、一人だけが降りてください。六十人の代表者が全員降りた時点で、観覧車を再び止めます。残った人は、申し訳ありませんが、もう一度、人質となっていただきます』

大二郎！　何がしたいのよ！

『代表者の方にお伝えします。一時間以内に、一千万円を捨ててきてください』

捨てるって……六億円を？

「これが、俺の復讐や」

大二郎が、ニーナから目を逸らさず、言った。

5　観覧車17号　実力行使

『一千万円を捨てる際の条件を言います』

賢治は、係員の言葉に固唾《かたず》を呑んだ。

『一、捨てるところを誰にも見られないこと。二、燃やす、細かく破り捨てる、海に捨てるなど、紙幣が使えなくなるように捨て切ること。三、盗まないこと』

犯人は身代金が目的ではなかったのか……。

動機は強烈な恨みだ。六億円を捨てるために、この観覧車をジャックしたのだ。

『この三つが守られなければ人質が残っている観覧車が爆発します。必ず守ってください。では、一分後に、観覧車が動き出します。すみやかに、代表者を決めてください……以上です』

係員が要求文を読み終えた。

「私が捨てに行くわ」

間髪を入れずに、朝子が言った。

賢治が、驚いて朝子を見た。先に言われてしまった。しかも、顔が本気だ。絶対に譲らないという目で賢治を睨んでいる。しかし、ここは妻を危険な目にあわせるわけにはいかない。

「ここはパパに任せなさい」賢治が胸を張った。

「任せられないわ。パパは天然ボケでドジだから信用できないの」

「な、何だって？　天然ボケはママの方じゃないか？」

「パパよ」と、朝子。

「パパだと思う」と、優歌。

「パパだ！」と、豪太。

「みんな、そんな風にパパを見ていたのか……」賢治は、ショックのあまり言葉を詰まらせた。

「私の方が、足が速いわ。体力もあるし。車の運転も私の方が上手でしょ？」朝子が、なだめるように言った。

だが、ここで引くわけにはいかない。心に誓ったのだ。命懸けで家族を守ると。

賢治は首を横に振って、朝子の肩を摑んだ。朝子の目を覗き込み、心を込めて言った。

「パパは生まれ変わったんだよ」

「生まれ変わらなくてもいいの。今までのパパが一番素敵よ」

逆に、朝子に肩を摑まれて言い返された。

観覧車が動き出した。

「動き出したよ！　早く決めなきゃ！」優歌が、賢治の背中を揺らし急かす。

「ボクが捨てに行ってもいいよ」豪太も、不安そうに、賢治を見る。

「ママは、ここに残って子供たちを見ていて欲しいんだ。優歌も豪太も、それがいいよな？」賢治は、子供たちに訊いた。

子供たちが困った顔のまま、返答しない。

「あれ？　そうじゃないの？」

信用の欠片もないではないか。賢治の顔が、カーッと熱くなる。

「パパ、怒らないで聞いてね。ママが、捨てに行った方が助かる確率が高いと思うの」優歌が、諭すように言った。

「ボクも、そう思う」豪太までも、申し訳なさそうに言った。

「パパが捨てに行った場合の確率は何パーセントだと思うんだい？」

「ママ、本当のこと言ってもいい？」

優歌が、朝子に許可を取る。朝子が、言ってあげなさいと、頷く。

「十パーセント……あるかないか」

耳まで熱くなった。十回に九回は失敗するってことではないか。

「ゼロじゃないんだったら……パパが行く」賢治はムキになって言った。

「お願い、パパ。わがまま言わないで」

「嫌だ。パパが行く」賢治は、駄々っ子のように、激しく首を振った。

「お金をこっちに渡して」朝子が、賢治の手の一千万円を奪おうとする。

「絶対、パパが行くんだ！」

賢治は、カットソーをめくり上げ、お腹の中に札束を隠した。

こうなったら、実力行使だ。観覧車のドアが開いたら、このまま、外に飛び出してやる。

全身の血がたぎる。興奮で、心臓が暴れ太鼓のようだ。家族のために、大金を持って走るなんて、まるで、ハリソン・フォードみたいじゃないか！　ようやく、タフな男になれるんだ！

「パパ、時間がないの。お金を出して！」

「ママ。心配しないで。言い忘れていたけど、高所恐怖症も治ったんだから」賢治が得意げに鼻を膨らませた。

朝子が、タメ息をつく。

「お主ら、パパをよろしくね」

子供たちが頷く。

朝子が、手刀を振りかざした。妻よ、そのチョップをどうする気なんだい？

実力行使に出たのは朝子の方だった。朝子の手刀が、いい角度で、賢治の首筋に入る。

賢治の意識は、一瞬で断ち切られた。

6　観覧車20号　武器

ドキドキしてきた。

美鈴は、胸に手を当てて、自分を落ち着かせる。

すごい光景だ。観覧車から、一千万円の札束を持った代表者が、次々と降りていく。それを、五十メートルほど離れているマスコミのカメラが必死に撮ろうとしている。

代表者たちは、猛ダッシュで、金を捨てに走る。要求文の、《捨てるところを誰にも見られないこと》を守るためには、ヤジ馬たちを振り切らないといけない。

みんな、本当に捨てるの？　どこかに隠しておいて、あとでこっそり取りに行くんじゃねえの？

もちろん、美鈴はネコババする気満々でいた。当たり前だ。こんなチャンス、人生で二度とあるものか。アタシは一人なのだ。心配する人質がいない。観覧車に帰って来なくてもいい。

これって、ラッキー過ぎるよね。

美鈴は、一人でほくそ笑む。

つまり、このお金を持って、直帰してもいいのだ。

問題は、中西だけね。一千万円を持ちながら殺されたくない。そんなの死んでも死にきれないって。そのためには、何としても前のキャビンの銃をゲットしなくてはならない。武器さえあれば、中西なんて怖くない。

あっ、牛島朝子だ！

三つ前のキャビンから、朝子が飛び出した。

普通、夫が行くでしょ？

朝子は、カモシカのような走りで、あっと言う間に、出口の階段を降りて行った。軽快！

何か運動でもやってんのかしら？　背も高いし、きっとママさんバレーね。

最高に鬼畜で極悪非道な願望を言わせてもらえれば、先に中西に刺されて欲しい。これだけ、警察がウジャウジャいれば、すぐに取り押さえられるだろう。その間、美鈴は悠々と家に帰ることができる。

何？　アイツ？

二つ前のキャビンから、目だし帽を被った男が出てきた。

銀行強盗じゃないんだから……。何で、顔を隠す必要があるんだろ？　よっぽど、カメラに撮られたくないのか？　それにしても、すごいセンスの服ね。伊勢海老のアロハって……。

男は、焦る様子もなく、右手を上げながら歩き出した。

何を持ってんの？　銀色の小さな箱だ。見せびらかすように、ゆっくりと歩いている。

単なる馬鹿か？　いるのよね、どうしようもない目立ちたがり屋って。オリンピックで、目立ちたいがために、トップを独走するランナーに抱きついた馬鹿がいたけど、それと同じ類《たぐい》ね。

来た！　前のキャビンだ！

さすがに死体は降ろされるだろう。仏様を観覧車の中に、何時間も閉じ込めておくわけがない。意識があった時のことも考えて、係員たちは、必ず降ろすに決まってる。

美鈴の作戦は、こうだ。

おじいちゃんの孫になりきる。死体にすがりついて泣く。その隙に、銃をいただく。

完璧。さあ、早く死体を降ろしな……何だ、アイツ？

突然、救急隊員が猛ダッシュで現れた。大きな鞄から、酸素ボンベや心臓に電気ショックを与える機械を取り出している。

丸坊主の係員が、隣のキャビンのドアを開けた。救急隊員が乗り込む。蘇生《そせい》を試みるつもりだ。

もう死んでるって！　降ろせってば！

救急隊員を乗せたまま、前のキャビンのドアが閉められた。

ちょっと待ちなさいよ！　待ってよ！　アタシの武器が！

美鈴のキャビンのドアが開けられた。

「降りてください！」丸坊主が叫ぶ。

ダメよ。手ぶらで降りたら、中西に刺されちゃう。

「お客様！　早く！」丸坊主が、必死の形相で怒鳴る。かなり、テンパっている。

「アタシ、降りません！」美鈴は、かたくなに拒否した。

「何を勝手なこと言ってんだ、お客様！　全員の命がかかってるんだぞ！」

「アタシの命もかかってんのよ！」

「いいから降りろ！」

丸坊主が、美鈴の腕を摑み、引きずり降ろそうとする。

「離してよ！　触らないでよ！」美鈴は、丸坊主の手の甲を引っ掻いた。

「痛ってえな！　お客様！」丸坊主がキレた。キャビンに乗り込み、すごい力で、美鈴を抱え上げる。

「やめてよ！　誰か助けてぇ！」

抵抗も虚しく、美鈴は半ば放り出されるようにして、観覧車から降ろされた。

美鈴は、コンクリートに激しく膝を打ちつけてうずくまる。痛いな……もう！　膝から血が滲み出す。

「訴えるわよ！」美鈴は、丸坊主に摑みかかろうとしたが、もう一人の係員に押さえられた。ゴリラのような大男だ。

「何よ？　責任者を出しなさいよ！」

ゴリラは、美鈴の首根っこを摑み、出口の階段まで引きずって行った。

「お客様、一刻も早く、一千万円を捨てに行ってください。ここにいられては邪魔なんです」ゴリラが、転がった一千万円の束を美鈴に渡す。

「わ、わかったわよ……」

ゴリラの迫力に押され、美鈴は階段を降りた。

……何か、おかしい。

美鈴は初めて、マスコミとヤジ馬の様子に気がついた。誰も、美鈴を見ていないのだ。

その視線の先に、さっきの目だし帽の男が立っていた。相変わらず、銀色の小さな箱を右手に持っている。

警察までも、警戒した面持ちで遠巻きに見ている。

もしかして……コイツが爆弾魔？　同じ観覧車に乗っていたわけ？　美鈴は、呆然となって、目だし帽の男を見た。

異常な光景だった。伊勢海老のアロハを着た目だし帽の男を、数百人の人間が固唾を呑んで見守っている。

美鈴は、一人だけ、目だし帽の男を見ていない人間に気がついた。

中西が、不気味な笑みを浮かべて、こっちを見ている。

美鈴の背中に寒けが走る。カチ割り氷をぶっかけられたようだ。

逃げなくちゃ。ここからすぐに。

中西が、ボストンバッグを開けた。右手にナイフが光る。この距離からでもわかるほど、大きなナイフだ。……ナイフというより、肉切り包丁じゃない！　いくらなんでも、デカ過ぎるわよ！

中西の前を、一人の女が横切った。

朝子だ。

人垣の前をウロウロしている。

お金を捨てに行ったんじゃないの？　何してんのよ！　刺されるって！

ヤジ馬たちは、駐車場の前に陣取っていた。爆発が起きた駐車場だ。

車を出したいの？

朝子は、人垣を掻き分け、駐車場に入ろうとしている。

車なんて、いいから！　走って捨てに行きなさいってば！

中西が、朝子を見つけた。ナイフを手に、朝子に近づく。

ヤジ馬たちは、目だし帽の男に釘付けで、ナイフを持った中西に全く気づいていない。朝子も、背後から忍び寄る中西が見えていない。

「危ない！」

美鈴は、無意識に叫んでしまった。ヤジ馬たちが、一斉に美鈴を見る。

アタシってば、何を考えてんのよ！　朝子が刺された隙に、逃げるんじゃなかったの？

「朝子さん！　後ろ！」

朝子が振り返る。

中西が、ナイフを構えて突進する。

ヤジ馬たちの中から、悲鳴が上がった。

中西が、フラフラと朝子から離れた。手にベッタリと血が付いている。ナイフは持っていない。

警官たちが、猛然と走って来て、中西を取り押さえた。

朝子は、どうなったの？

ヤジ馬が邪魔で見えない。美鈴は全速力で駆け寄った。ヤジ馬たちを押し退《の》け、アスファルトに倒れている朝子を見る。

朝子の右肩に、深々とナイフが突き刺さっていた。

「大丈夫ですか！」美鈴は、朝子の側にしゃがみ込み、声をかけた。

「なんとかね……」朝子が虚ろな目で、美鈴を見た。

良かった！　生きている！

出血は酷《ひど》いが、命に別状はなさそうだ。

「……危なかったわ。叫んでくれてありがとう」朝子が、痛みを堪えながら言った。

「ど、どういたしまして」美鈴は、どぎまぎとしながら答えた。朝子が刺されることを望んでいた自分が、急に恥ずかしくなったのだ。

「アナタが別れさせ屋さんね？」朝子が言った。

バレてるし……。美鈴は、ヤジ馬たちを気にしながら、少しだけ頷いた。

「私たち夫婦は絶対に別れないから。二度と私たち家族の前に現れないで。もしも、今後姿を見せたら」

朝子が、体を起こし、美鈴にそっと耳打ちした。

「私がアナタを殺すわよ」

「……はい」

美鈴は、立ち上がり、その場を離れた。

今の言葉は本気だ。マジで殺される、と感じた。

これが愛？

決めた。別れさせ屋を辞めよう。こんな商売、命がいくつあっても足りない。

「犯人がおらへんぞ！」ヤジ馬の一人が叫んだ。「ホンマや！　どこ行った？」「消えたぞ！」

次々に、他の者も大声を出した。

美鈴は、目だし帽の男を探した。

……いない。本当に消えた。

全員が、中西の凶行に気を取られている間に。刺された朝子を見ている隙に。

さっきまで男が立っていた場所に、伊勢海老のアロハシャツと目だし帽が落ちていた。

やっぱり、ものすごく痛いんだけど……。

朝子は、肩に突き刺さっているナイフを見た。

練習どおりとはいえ、痛いものは痛い。気を失いそうだ。

大二郎、ちゃんと逃げきってよね。人がこんなに痛い思いしてるんだから。

『ローソンでバイトして欲しいねん』

半年前、大二郎が言ってきた。

『大阪から夜逃げした奴が、ローソンでのうのうと店長をやってるねん』

それが中西だ。

正しく言えば、本当の名前は中西ではない。門田組の借金から逃れるため、名前を変えて、失踪していた男だ。

偽の運転免許証、偽の住民票、偽の国民健康保険証、偽の印鑑さえ手に入れれば、他人になりすまして生活することができる。仕事や部屋を探すのも何の問題もない。

男は、中西という名前で、八年間も東京に潜伏し、ローソンで店長にまでなっていた。

門田組の借金取りとして、大二郎は中西を見つけた。しかし、大二郎は、中西を門田組には突き出さなかった。中西を脅して、今回の復讐劇の仲間に加えたのだ。

中西の役割は、朝子をナイフで刺すこと。

ミスディレクション——いかに、見て欲しくない場所から気を逸らすか。

大二郎が脱出するためには、どうしても警察やマスコミ、ヤジ馬たちの目を逸らす必要があった。それも、生半可なミスディレクションではダメだ。何百人の人間の目とテレビカメラを誘導しなければならない。

目の前で、人が刺される。大二郎が考えたのは、強烈なミスディレクションだった。シャツと目だし帽を脱ぎ、ヤジ馬たちに紛れてしまえば、どこにいるかわからない。目撃者たちには、派手なアロハシャツの印象が強く残っているからだ。

マジック。それが、大二郎の武器だ。

刺される方は、たまったもんじゃないけどね。

朝子は、中西に、ナイフの持ち方、刺す時の刃の角度、力加減を徹底的に教え込んだ。一歩間違えば、自分の命を落としてしまう。殺し屋の朝子しかできない仕事だ。

中西の報酬は、大二郎が借金を見逃してやることと、プラス、一千万。その一千万円は、今、朝子が持っている。

なぜ、中西が朝子を刺すのか。その理由付けとして、大二郎は、朝子をローソンで働かせ、別れさせ屋に依頼した。中西をストーカーに仕立てるためだ。朝子にフラレた中西が、凶行に走る。大二郎のシナリオだ。中西は、二年ほどの懲役と引き換えに、晴れて自由の身となる。門田組の執拗な取り立て地獄から逃れて、一千万も手に入るのに比べれば二年の懲役は軽い。

これで、朝子や中西が、共犯だと疑われる心配もない。川上美鈴も、中西が、まぎれもないストーカーだったと証言するだろう。美鈴が、身代金を騙し獲ろうとしたおかげで、よりリアリティも増した。

救急隊員が、担架を持って、朝子の元へと駆けつけた。

これで、やっと家族の元へ帰れる。明日から、普通のママに戻れるんだ。

朝子は、担架で運ばれながら、観覧車を眺めた。

直一郎……アンタの仇は取ったからね。

残るは、大二郎と銀爺の仕事だ。

結局、銀爺のトラブルは何だったのだろう？　銀爺がいなければ、この計画の最後が失敗で終わってしまう。どうしても、銀爺が必要なのだ。

……心配してもしょうがない。私の仕事は終わったのだ。信じるしかない。銀爺なら、どんなピンチでも、きっと乗りきるだろう。

朝子は、救急車に乗せられた。達成感に、肩の痛みさえも心地好く思える。

この傷を見たら、パパは何て言うかしら。

7　解放

観覧車が動き出した。

おかしい。まだ、一時間も経っていないはずだ。

ニーナは、はりつけにされたまま、窓の外を見ようとした。首が痛くなるほど捻っても見えない。

クソッ。外で何かが起こっているのに！

時間を待たず、観覧車が動いた。考えられることは一つだ。

……大二郎が捕まった？

大二郎は、アタッシュケースを置いたまま、爆弾のスイッチだけを持って観覧車を降りていった。

『バイバイ、ニーナさん。このお詫びは必ずするから』

目だし帽をかぶりながら頭をペコリと下げて。

最後の最後まで、さまにならない犯人だ。

わたしは、大二郎に捕まって欲しくないのか？

わからない。

いくら復讐のためとはいえ、大二郎の取った行動は許されるものではない。これだけ、無関係の人々を巻き込んだのだ。一千万円を捨てに行った代表者たちは、この瞬間も、人質になっている家族や恋人のために必死で走っているだろう。

でも……。

大二郎の気持ちも痛いほどわかる。医療ミスで患者を殺し、整形手術で麻薬を密輸する男と、どっちが悪なのか。

ニーナの乗っているキャビンが地上に近づくにつれ、外の様子が見えてきた。何台ものパトカーがサイレンを鳴らし走り出す。何かを追いかけるように。

ニーナは確信した。大二郎はまだ、捕まっていない。

逃げて！　捕まったら、復讐の意味ないじゃない！

俺、もう嫌やわ……こんな仕事。

工藤秋夫は丸坊主の頭をボリボリと掻いた。秋夫のテンパッた時の癖だ。

観覧車の係員なんて二度とやりたくない。家から近いし、楽な仕事だと思っていたのに。

爆弾は仕掛けられるわ、死体があるわ、犯人の要求文を読まされるわで、泣きそうだ。

こんな目にあっても、時給は八百円のままなのだろうか？　せめて、今日だけは、危険手当を付けて欲しい。

犯人は捕まったのか？

警察が、観覧車を動かすように指示を出してきた。警察官、消防隊員、救急隊員が入り乱れて、次々と人質を解放している。観覧車の出口付近は大混乱で、何がなんだかわからない。

乗客たちは、観覧車を降り、避難場所へと誘導されていく。まだ、爆弾が残っている可能性があるからだ。

俺も、逃げたいんですけど……。

他のスタッフたちは、全員、避難した。無情にも秋夫だけを置いて。『観覧車を操作できる人間を一人残してください』と警察に言われ、気の弱い秋夫が問答無用に選ばれたのだ。

「犯人が乗っていたのは、何号だ？」

警察官の一人が、秋夫の顔の前で怒鳴ってきた。ニンニクの臭いにウッとなる。

「たぶん、18号やったと思うんですけど……若い女の人が、手錠でつながれて監禁されています」

死体にも度肝を抜かれたが、目だし帽の犯人が、観覧車を降りてきた時は生きた心地がしなかった。

「爆弾らしき物はあったか？」

「アタッシュケースがありました」

「それか……」警察官の顔が強張る。「爆発物処理犯！　こっちだ！」

警察官の掛け声に、物々しい装備をした男たちが登場した。全員、宇宙服のような特殊なスーツを着ている。

「あの……そろそろ、僕も避難したいんですけど……いいでしょうか？」秋夫は、か細い声で懇願した。

「18号が地上に着いたら、観覧車を止めてくれ」警察官が、質問を無視して命令する。

「お願いします！　逃げさせてください！」

警察官の平手が、秋夫の頬を打った。

「落ち着け！　観覧車を止めたら、いくらでも逃げていいから！　もう少し辛抱しろ！　本官だって怖いんだ！」

「ふ、ふぁい……」秋夫は、半泣きで言った。

もう嫌や！　絶対に辞めてやる、こんな仕事！

観覧車、17号が地上に着いた。もうすぐだ。

17号のドアが開けられ、父親と、二人の子供が飛び出してきた。三人ともボーダーを着た囚人みたいな家族だ。

「パパ！　早く！　ママを探さなくちゃ！」娘が父親の手を引く。

「走ってよ！　パパのノロマ！」息子が叱咤《しった》する。

「う、うん」

子供たちに急かされて、父親がヨロヨロと走り出した。首を打ったのだろうか、痛そうに手で押さえている。

観覧車18号が、地上に着いた。

「止めろ！」警察官が叫ぶ。

「ふぁい！」秋夫は、停止ボタンを押した。

観覧車が止まり、爆発物処理犯が慎重な足どりで、18号のキャビンに近づく。

19号のキャビンに乗っている救急隊員が、降ろしてくれとドアの窓を叩いた。

「何だ？　アイツは？」警察官が、救急隊員を見て言った。

「さっき乗ってもらったんです。19号に血だらけの人が倒れていたんで……僕的には、もう手遅れだと思うんですけど……」

「そいつを降ろせ！」

警察官の合図で、19号のドアが開けられた。何とか助けようと蘇生を試みたのだろう、救急隊員の手や体、顔にまでも血が付いている。秋夫は、それを見ただけでも吐きそうになった。

「生存者がいるのか？」警察官が、救急隊員に訊いた。

救急隊員が首を横に振りながら、観覧車を降りてくる。

「死体はそのままにしとけ！　先に、爆弾の処理だ！」

「に、逃げてもいいですよね！」秋夫が訊いた。

警察官は、秋夫の顔も見ず、頷いた。

ヤッター！　解放されたぞ！　秋夫は、一目散に出口の階段へとダッシュした。

階段を、さっきの救急隊員がノロノロと降りている。よく見ると、足を引きずっている。

どけよ！　遅いな！　ジジイか、お前は！

秋夫は、追い抜きざまに、救急隊員の横顔を見た。

えっ？　ギョッとして、つんのめり、階段を転げ落ちそうになった。

救急隊員は、本当に七十歳ぐらいのおじいちゃんだった。顔が血だらけなので、至近距離で見ないとわからなかったのだ。

何歳まで、働くねん……。救急隊員って、年齢制限ないんか？

秋夫は、首を捻り、二段飛ばしで階段を駆け下りた。

……やっと、脱出できたぜ。

銀次は、走り去っていく丸坊主の係員の背中を見て、ホッとした。馬鹿な係員で助かった。警察官たちも、爆弾に気を取られて、こっちの顔を見ていなかった。

さすが、ツキコだ。死体になれ、と言われた時はどうしようかと思ったが。死体になりすまし、駆けつけた救急隊員と入れ替わるなんてアイデアを、よくあんな短時間で思いついたもんだ。

『成功率は、五パーセントよ』と、前置きをして、ツキコは銀次に指示を出した。『どこでもいいから、銃で自分の体を撃って。なるべく痛くなさそうなところね。あと何分もしないうちに、観覧車が動くんでしょ？　いい？　ドアを開ける係員に銀爺も死体だと思わせてね。救急隊員を呼んでくれると思うから』

銀次は、死体だと救急隊員は来ないんじゃねえのか、と反論した。

『人が血だらけで倒れていたら、誰だって救急車を呼ぶでしょ？　死んでる死んでないは関係ないって。救急車は、すでに観覧車の前に待機してるんだから、係員も絶対に呼びに行くはずよ。それに死体じゃなきゃ入れ替われないじゃない』

問題はそこじゃないの、とツキコが続けた。

『救急隊員が一人で来てくれるかどうかよ。普通、二人以上で行動するしね。犯人を刺激しないように、〝一人にしよう〟と向こうが考えてくれればいいんだけどね。観覧車の中は狭いから、たぶん、一人で来るわよ。たぶんね』

〝たぶん〟を強調するツキコの意見に、銀次は、ずいぶんと都合のいい発想だな、と嘆いた。

『だから五パーセントなのよ。頑張って。ラーメン伸びるから切るね』ツキコは、そう言って、電話を切った。

なんて女だ。人の命とラーメン、どっちが大事なんだよ。

本物の救急隊員には、悪いことをした。銃で脅されて、ガタガタ震えながら、制服を脱いでたもんな。

救急隊員を銃で殴りつけ、気絶させ、銀次のスーツを着せた。おかげで、一張羅が台無しになっちまった。念のため、もう一度、頭を殴っておいた。朝子みたいに、鮮やかに手刀で倒す技を習っておけば良かった。

しかし、足が痛ってえの、なんのって……。右のももの外側をかする程度に撃ったつもりだったが、焼けるように痛い。一歩、歩くたびに、とんでもない痛みが右足から脳天へと突き抜ける。

やっぱ、手にしときゃ良かったか？

ただ、スリとして、商売道具の腕を撃つのには抵抗があったのだ。

まだ、ひと仕事、残ってるっていうのによ……。

そのひと仕事が、年寄りにはかなりキツい。足を負傷しているからなおさらだ。

俺が行かなきゃ、話になんねぇ。なにせ、俺しかいねえんだからよ。銀次は、痛みに顔を歪め、雲一つない空を見上げた。

ったく、直一郎よ。おめえの弟は人使いが荒いぜ。

足を引きずって歩くのに、時間がかかりすぎる。銀次は、歯を食いしばり、右足を上げた。

ちまちま歩いてらんねえや。

銀次は片足飛びで、けんけんと走り出した。


不思議と怖くはなかった。

ニーナは、二人の爆発物処理班が、慎重な手つきでアタッシュケースを開けるのを見ていた。

ニーナの救出は後回しにされていた。手錠の鍵がないため、時間がかかると判断されたのだ。

いずれ、人は死ぬ。それが、遅いか早いかだけの問題だ。

もし、今、爆発が起きても後悔はしない。

ニーナは、医療ミスで死んでいった患者たちを思った。彼女たちは、眠りに落ち、自分が死ぬことも知らなかったのだ。

もし、あの世で、彼女たちに会えたら……。

謝ろう。父の代わりに、わたしが謝る。ごめんなさいと、何万回も何千万回も謝るんだ。

「何や……これは？」アタッシュケースを開けた男が、防護服のヘルメットを外した。頭のてっぺんが薄い、河童《かっぱ》みたいな顔だ。

「どないしてん？」後ろにいた、もう一人の男が訊く。

「思いっきり、ニセモノやぞ。この爆弾」

「何やと？」もう一人の男もヘルメットを外す。細長い、馬ヅラの顔が出てきた。

「ホームセンターで揃えたような、ちゃっちい道具で作っとるわ」河童がアタッシュケースの中身を見せた。

馬ヅラが、白けた目でニーナを見た。「お姉ちゃん、これが爆弾やと思ったんか？」

やってくれた。大二郎は、最初から、誰も殺す気なんてなかったのだ。

あのガキ……。やっぱり、わたしは男運が悪い。

「人騒がせな話やで、ホンマ」馬ヅラが、舌打ちをした。

「まあ、ええやないか。全員、無事で何よりや」河童が、馬ヅラをなだめる。

「お姉ちゃんも共犯ちゃうやろな」馬ヅラが、ニーナをジロジロ見た。特に、胸を。

「そんなわけないやろ。こんなキレイな子が」河童が、ニーナのミニスカから伸びる太ももを見て、鼻の下を伸ばす。

「今度は、本物の爆弾の時に呼んでや」

二人は、だるそうに観覧車を降りていった。

警察官たちがボルトクリッパーで手錠の鎖を切り、ニーナはようやく解放された。

地上に降りたニーナを観覧車の前にいる人たちが拍手で迎えた。

爆弾がなかったことが伝わっているのだろう。警察官やヤジ馬たちの顔にも、安堵の笑みが見える。

解放された人質たちは、ひとかたまりで待っていた。一千万円を捨てに行った代表者たちの帰りを。

しばらくして、次々と代表者たちが帰ってきた。家族や恋人と抱き合い、涙を流して喜び合っている。

奇妙で感動的な光景だった。

大切な人の命を守るために、大金を捨てる。六十人の人間が、一斉に捨てたのだ。身代金の回収は絶望的だろう。

大二郎は、パパの汚い金を消してくれたのだ。

ニーナは、清々しい気持ちで、辺りを見渡した。

ニーナは、さっきの爆発物処理班の二人に近づいた。河童と馬ヅラだ。タバコを吸いながら、抱き合う家族を見ている。

「ひと言、お礼を言いたくて」ニーナは、二人の前で、ニーナに気づき、顔を見合わせる。

いた。

「そんな、お礼なんて。電話番号教えてくれたら、それでええよ」

「なんでやねん」馬ヅラの冗談に、河童がゲラゲラと笑う。

ニーナは、顔を上げニッコリと笑った。

馬ヅラの鼻にストレートを一発。驚く河童の股間に蹴りを一発。

「ありがとうございました」

ニーナは、倒れて悶《もだ》え苦しむ二人に、言い放った。

ああ、すっきりした。

三時間後——。

大二郎は、直一郎の墓の前に立っていた。

脱出のあと、堂々と大阪港駅から電車に乗り、大阪市を抜けた。ＪＲ茨木駅で降り、昨日から駅前の駐車場に停めていた車に乗って、国道一七一号線を西へと走った。二十分ほど走り、北へ上がり、大阪北部の山道を登ると、滝と猿で有名な箕面《みのお》公園がある。箕面公園から十分ほどで、直一郎の墓がある大阪北摂《ほくせつ》霊園に着く。

「兄ちゃん、終わったで。見とってくれたか？」

大二郎は、直一郎の墓に缶ビールを置いた。生きていたら、二十二歳だ。ビールぐらい飲んでいるだろう。

大阪北摂霊園からは、大阪の街が一望できる。大二郎は、天保山の方角を見た。さすがに、肉眼で観覧車は見えなかったが、直一郎は見守っていてくれたはずだ。

「仁科真と電話で話したで。イメージどおりの声やったわ。悔しがる顔を見れんかったのが残念やったけどな」

バケツに汲んできた水を杓《ひしゃく》ですくい、墓石にかけ、雑巾で磨く。

大阪北摂霊園は、箕面市と茨木市にまたがっている。家族四人で暮らしたサニータウンも近い。

「仁科真の娘、めっちゃカワイい子やねん。俺らよりもだいぶ年上やねんけどな。サーファーで、色が黒いねん。あの子とは、別の出会い方をしたかったわ」

大二郎は、目の前に直一郎がいるかのように、笑った。

汚れた雑巾をバケツの中で濯《すす》ぎ、きつく絞る。

「じゃあな、兄ちゃん」

大二郎は、墓参りを終えて、霊園の駐車場に戻った。

静かだ。誰もいない。車も大二郎の黒のベンツしか停まっていない。もちろん、ベンツは大二郎のものではない。門田組から預かっているのだ。黒光りするベンツは借金を回収する時、抜群の威力を発揮する。

大二郎は、運転席に座り、バックミラーを見た。

後部座席に、サイレンサーの銃を持った男が座っていた。

──前田だ。

そう思った瞬間には、右のこめかみに銃口を突きつけられた。

銀爺の言ったとおり、前田は生きていた。着ている服も、銃も、五年前と一緒だ。右目が潰れていることを除けば、何も変わっていない。

前田が携帯電話を大二郎の膝に置いた。画面は通話中になっている。

大二郎は、携帯電話を持ち、左耳に当てた。

『私の金を捨てたらしいな』電話の向こうで、仁科真が言った。

「捨てられるとこ、実況中継で見とった？　傑作やったやろ？　今、どんな気分や？」大二郎は、腹の底から笑い飛ばしてやった。

『久しぶりに怒り狂ったよ』仁科真が、静かに言った。『私を怒らすのが目的だったのか？』

「そうや。大成功みたいやな」

『六億円を捨てるか……。惜しい話だな。自分のものにしたいとは思わなかったのか？』

「捕まりたくないからな。誘拐は身代金を受け取る時が一番むずかしいねん」

『なるほどな。欲に勝てる人間は少ない。欲に惑わされない人間だけが成功者になれる。大胆不敵な犯罪を思いつくのも頷けるな』

「褒めてくれんねや。ありがとさん」

『名前だけでも聞いておこうか』

「赤松大二郎や。ちゃんと、覚えとけよ」

『忘れるに決まっているだろ。残念ながら、君は今から死ぬんだ。医者はね、死んだ人間のことは、きれいさっぱり忘れる習性があるんだよ』

今度は、仁科真が、大二郎を笑い飛ばす番だった。バックミラーの前田も唇の端を歪める。

『どんな気分だ？』

「最高の気分やで。やっと兄ちゃんの仇が取れるからな」

『何だと？』

大二郎は、ポケットから銀色の小さな箱を出した。

爆弾のスイッチだ。もちろん、本物の。爆弾はベンツのトランクに入っている。

朝子さんには、爆弾を二個作ってもらっていた。観覧車を爆破するためではなく、車を吹っ飛ばすためだけに。

大二郎は、家族が幸せだった日の、朝食の風景を思い出した。

父さんと母さんのキス。ぼくと直一郎の照れ笑い。

懐かしいなぁ。納豆トースト……。

——どんな時も、ロマンチックに生きろ。

大二郎は、何の迷いもなく爆弾のスイッチを押した。

終章　一週間後

「胸を大きくして欲しいんですよ」

仁科真は、診察に来た患者の胸を見た。

「申し分のない大きさだと思うんですけどね……」

真は、患者の顔を見た。美しい女だ。

美しい女に限って、自分の体を変えたがる。もっと、美しくなりたい。この美しさを維持したい。女の美しさへの欲はキリがない。

それに、豊胸手術には、もう、うんざりだ。

一週間前の事件のせいで、稲尾会からの〝発注〟が倍に増えた。明らかに、病院のスタッフが疑いを抱くほどの数だ。

暴力団に六億円の借金……。悪夢だ。

「でも、ここ美容クリニックなんですよね？」女が、口を尖らす。

「医者の立場としてはお勧めできませんね」

「もっと大きくしたいんです」女が食い下がる。

真は、タメ息を呑み込んだ。

辞めたい。こんな馬鹿女の相手をするのも、稲尾会の操り人形になるのも限界だ。

〝失踪〟の二文字が、頭に浮かぶ。

逃げてやる。昔、家族で行ったコート・ダジュールがいい。今度は一人で行くことになるが。稲尾会の連中も、まさか、あそこまでは追いかけてこないだろう。

「では、服を脱いでもらえますか?」

この女を適当にあしらって帰ってもらおう。今日の診察はこれで終わりだ。家に帰って、荷物をまとめなければならない。

女が、上着を脱いだ。ブラジャーの下に、豊満な胸が現れる。

ただ、真は、胸よりも、女の右肩に目がいった。

生々しい傷痕が残っている。

「その肩は、どうなさったんですか?」思わず訊いてしまった。

「刺されたんです。つい一週間前に」女が明るい声で言った。

刺された?

真は、もう一度、女の顔をよく見た。女は、意味深な笑顔を浮かべて真の顔を見ている。

「あの……どこかでお会いしましたか?」真は、薄気味悪くなり、女に訊いた。

「私の知人がよろしくと言っておりました」女がニッコリと笑う。

「その方のお名前は？」

「赤松大二郎」

真は、その名前を忘れてはいなかった。一生、忘れることのない名前だ。真から六億円を奪い、前田と共に自爆した男……。

「……赤松大二郎の仲間なのか？」真は、声を潜めて訊いた。

口の中が粘つく。半裸の女を前に、異常に緊張している自分がいた。

落ち着け。女に何ができる。どうせ、稲尾会とのことを嗅ぎつけ、強請《ゆすり》に来たのが関の山だ。

「そうよ。今日は大二郎の伝言を持って来たの」

死んだ奴の伝言だと？

「はい。これ」

女が、六枚のポラロイド写真を真に渡した。

写真には、六枚とも、札束の山が写されていた。

「凄い写真でしょ。一枚一億円よ。一枚で収まりきらなかったから、一億円ずつ撮ったの」

一億？　六枚で……。

「じゃあ、手品のタネあかしをするわね」女が、ア然とする真を置いて、勝手に話し始めた。真は、写真から目を離すことができずにいた。

「あの日、私たちの仲間の一人が、捨てられた一千万円を全部回収したの」

嘘だ。嘘に決まっている。何を言っているのだ、この女は？

「ふ、不可能だ」真は、必死で声を絞り出した。目がチカつき、吐き気がする。

「簡単な話よ。捨てられる場所が最初から決まってたの。時間はかかるけど、そこを回ればいいだけ。車があれば一人でも行けるしね。銀爺も足が痛いのによく頑張ってくれたわ」

銀爺？　誰だ、それは？　女の言っている意味がわからない。

診察室の壁がグニャリと歪んだ。息が苦しい。女の顔も霞《かす》んで見えない。

「大二郎のお母さんは、小学生の先生で、合唱部の顧問をやっていたの。いい先生だったみたいね。あの日も、復讐のために、合唱部のＯＢが六十人も集まってくれたの。感動的じゃない？」

六十……一千万円を捨てに行った代表者の数だ。

「正しくは、私たちと別れさせ屋さんたちがいたから、五十六人だけどね。だから、その写真の金額も五億六千万円。四捨五入で、六億円でいいでしょ？」

「最初から……人質なんていなかったってわけか？」

「そんなことないわよ。あんたの娘さんがいるじゃない。それに、合唱部のＯＢたちの家族や恋人も何も知らなかったから、人質はたくさんいたわ」

「そ、そんな馬鹿な……」

「悔しい？　あんたの負けで、大二郎が勝ったのよ」

女が、真の顔を覗き込む。

「返せ……。私の金を、返すんだ」

「有効利用させてもらうわ」

「た、頼む……返してくれ……」

胸が痛い。ショックのあまり、心臓が止まりそうだ。

「ちなみに」女が、自分のバッグから大きなナイフを出した。「これが私の肩に刺さったナイフよ」

……殺される。

診察室には女と二人きりだ。

真は、助けを呼ぼうと大声で叫んだ。

「ひゅう」

声は出なかった。

女が、ナイフを横に払い、真のノドをパックリと切ったのだ。『助けて』という声は、頼りない音となって、ノドの傷から洩れただけだった。

血飛沫《ちしぶき》が女の白い肌に飛び散る。

「やっぱり、服を脱いでて良かった。今から、家族でお出かけだから」

真理子……パパに罰が当たったのかな。

真は、娘が一番可愛かった三歳の時の笑顔を思い浮かべた。だが、すぐに白い靄《もや》がかかり、娘の笑顔が覆われていく。

「もしもし、ツキコ？　今、終わったから、あとはよろしくね」女が、誰かと電話で話している。

白い靄が、娘を完全に消した。途方もない孤独感が真を襲い、次第にそれさえも無くなった。


あれが、仁科真の娘か……。なかなかどうして、いい女じゃねえか。

銀爺は、マクドナルドのカウンターに並ぶ、娘の横顔を見た。

特に目がいい。自分の生き方に迷っていない人間の目だ。

大二郎も、あの目に惚れたんだろうな……。

大阪の日本橋。日曜日は人が多い。マクドナルドも若い客でごった返している。

アダ名は何だっけ？　大二郎の奴、嬉しそうに言ってたよな。そうそう、ニーナだ。

ニーナは、大二郎が死んだことは知らない。知らせる必要もないだろう。

爆弾は一つで十分だった。真実味さえ演出できれば、本物の爆弾など必要ない。そもそも、爆弾と同じ観覧車に乗ること自体、危険過ぎる。観覧車に乗ってくれた協力者たちのことを考えれば、なおさらのことだ。

大二郎が、爆弾をもう一個用意させたのは、前田を殺すためだったのだ。

観覧車ジャックの前日、門田組を通して、銀次の居場所を稲尾会に洩らした。前田が生きていれば、必ず尾行して大阪までついて来ると読んだのだ。俺を餌にしろと、銀次が出したアイデアだ。

予想どおり、前田は現れた。前田は、全く隙を見せなかった銀次を何とかして殺そうと、初彦に銃を渡したのだろう。

予想と違ったのは、大二郎が一人で勝手に前田を引きつけ、自分の命と引き換えに、復讐を成し遂げたことだ。

それも、直一郎と同じ死に方で……。

あの馬鹿野郎。最初から死ぬのを覚悟でいやがったんだな。

俺は老いぼれで、朝子には家族がある。前田を倒すのは自分だと気負っていたに違いない。

六億円の使い道は、大二郎が決めていた。

まず、仁科クリニックが医療ミスで殺した患者の遺族に大部分を当てた。残りを、植物状態の母親の治療費と精神病院の父親の入院費にした。

銀次や朝子、合唱部のOBは、経費だけで報酬はない。あげると言っても、誰一人もらわないだろう。

五十万円ほどの中途半端な端数が残った。大二郎は、それまで使い道を決めていた。

《ニーナちゃんへ。怖い思いさせてゴメンね。お詫びの粗品です》

という、メモを残して。

ニーナがメニューを注文し、財布を出そうと、ハンドバッグを開けた。見覚えのない封筒に気づく。首を傾げながら、封筒を開けた。

メモを読み、カリフォルニアへの往復チケットを見て仰天する。

銀次が、今さっき、ハンドバッグに入れたのだ。

長いことスリ稼業やっているけど、人の懐に物を入れたのは初めてだぜ。まあ、たまには、こういうのも悪くねえけどな。

ニーナが、マクドナルドの店内を見回す、勘定を急かす店員を無視して、店の外へと飛び出した。

たまには、若い奴と一緒に飯でも食うか。

銀次は、店内で食事する男たちを見た。

それにしても、どうしたもんだろうねえ。男のくせに辛気臭せえ顔でボソボソ食べやがってよぉ。日本の将来はどうなっちまうんだ？　俺も、まだ死ぬわけにはいかねえな。

銀次は、カウンターに並び、店員に大声で注文した。

「ビッグマックってやつを、ここにいる男全員に配ってくれや。なーに、心配すんな。俺のおごりだよ」


「パパ！　もうすぐ頂上だよ！　すっげえ高い！　あっ、海！　あっ、船！　でっけぇ船！タイタニックだ！　沈め！」

豪太が興奮して叫んだ。どこかで聞いたことのあるセリフだ。そして、飛び跳ねる。

「豪太！　ピョンピョンするんじゃない！　パパは高い所は苦手だって言ったろ？」

賢治は、目眩をこらえ、豪太をシートに座らせた。

「高所恐怖症は治ったんじゃないの？」優歌が、心配そうに声をかけてきてくれた。「パパも井上陽水聞けばいいのに。きっと人生観が変わるよ」

朝子は、そんな賢治たちを見て、ずっと微笑んでいる。

賢治たち家族は、横浜のみなとみらい21に来ていた。コスモワールドの大観覧車、《コスモロック21》に乗っている。

約束どおり、賢治が連れて来たのだ。

本当なら、昼間に来たかったのだが、朝子が午前中に、『千葉県の友達に会って、用事を済ませてくる』と、車を使っていたので、夕方になってしまった。

千葉県の友達なんて初耳だ。相変わらず、謎の多い妻だ。

一週間前、中西に刺されたと聞いた時は、気が動転して取り乱してしまった。駆けつけた病院で、おいおい泣いてしまった。どう見ても命に別状はないのに。

朝子と、子供たちは、泣きじゃくる賢治を見て大笑いしていた。

今朝、不思議なことが起こった。賢治の机の上に、見覚えのある細長い箱が置いてあった。

朝子の誕生日プレゼントに買ったネックレスだった。

きつねに化かされているのではないかと、何度も頬をつねった。

絶対におかしい。大阪で失くしたはずなのに、何で我が家にあるんだ？

妻に尋ねるわけにもいかず、今、ポケットの中に入っている。さっきから、消えてくれるなとポケットの中に手を入れて、しっかりと箱を摑んでいる。

「パパ！　頂上だよ！」子供たちが同時に言った。

さあ、やり直しだ。

「ママ」

「なあに？」

「お誕生日おめでとう」

賢治は、箱を取り出し、朝子に渡した。

良かった。今日は、消えなかった。

「ありがとう、パパ」朝子が、目をウルウルさせて喜ぶ。

合点がいかないが、神様のせいにすることにしよう。

最悪の誕生日にならないように、こうやって、やり直す機会を与えてくれたのだ。うん。きっと、そうだ。

それとも、あの日、凄腕のスリ師でもいたのだろうか……。馬鹿な。スリ師が盗んだ物をわざわざ返してくれるわけがないだろう。そんな奇特なスリ師がどこにいるというのだ。

やっぱり、神様のいたずらだ。

「嬉しい！　パパのプレゼントは、今日もらいたかったの」

ほら。朝子も喜んでいるし、いいではないか。少し、喜び方がおかしいが。

　朝子が、箱を開けた。少女のように顔を輝かせ、ネックレスを取り出す。

「パパ、張り切ったね」と、優歌。

「パパ！　カッコイイ！」と、豪太。

「今、付けてもいい？」朝子が、ネックレスを首に回す。

「パパがやってあげよう」

　賢治が、朝子を抱き抱える形で、首の後ろに手を回し、ネックレスを付けた。

「キスして欲しいな」朝子が甘えた声で言った。

　妻よ。突然、何を言い出すのだ。確かにキスにふさわしいシーンではあるが。

「だ、ダメだよ。子供たちが見てるじゃないか」賢治は、しどろもどろに答えた。

「たまにはいいじゃない。お主ら、パパとママがキスしてもいい？」

　子供たちが頷く。

「ほら、ね」

　朝子が、賢治の首に手を回す。

　賢治は、朝子の唇を味わいながら、薄目で子供たちを見た。

　夕日が、空と海をオレンジ色に染める中、優歌と豪太が、照れくさそうに笑っていた。

この作品は書き下ろしです。原稿枚数436枚（400字詰め）。

幻冬舎文庫

●好評既刊
悪夢のエレベーター
木下半太

後頭部の痛みで目を覚ますと、緊急停止したエレベーターの中。浮気相手のマンションで、犯罪歴のあるヤツらと密室状態なんて、まさに悪夢。笑いと恐怖に満ちたコメディサスペンス!

●好評既刊
Love Letter
石田衣良　島村洋子　川端裕人　森福 都
前川麻子　山崎マキコ　中上 紀　井上荒野
桐生典子　三浦しをん　いしいしんじ

はじめてラブレターを出した時のこと、もらった時のこと、覚えていますか? 今、最も輝きを放つ11人の作家が、それぞれの「ラブレター」に想いを込めて描く恋愛小説アンソロジー。

●好評既刊
プロジェクトX 挑戦者たち 1
ビクター窓際族が世界規格を作った
NHKプロジェクトX制作班編

VTRの世界規格を開発したビクターの窓際族や胃カメラを開発した医師など、無名の人々の熱い情熱と惜しみない努力が戦後日本人の生活を豊かにしてきた。不朽の名作番組シリーズ第一弾。

●好評既刊
クレイジーヘヴン
垣根涼介

会社員の恭一27歳。中年ヤクザと美人局で稼ぐ圭子23歳。ある事件をきっかけに二人は出会い、非日常へと堕ちていく。揺れる心、立ち塞がる枠。境界線を越えて疾走する二人が摑んだ自由とは?

●好評既刊
テンカウント
黒井克行

愛弟子を試合中の事故で亡くした後も多くの世界王者を生み出した伝説のトレーナー松本清司。「ボクシングの鬼」と言われた男を通じてボクサーたちの闘いを描く感動のノンフィクション。

幻冬舎文庫

●好評既刊
PLANETARIUM
桜井亜美

中学生同士で結婚の約束をして、星に夢をたくすキョウとメイ。だが、高校に進学したキョウが突然姿を消してしまう。新しい命を宿していたメイは、キョウを捜す旅に出るが……。

●好評既刊
砂漠の薔薇
新堂冬樹

ハイソな奥様の輪に加わり、愛娘の「お受験」にのめり込む中西のぶ子。彼女はなぜ親友の娘を殺す必要があったのか。平凡な主婦を殺人に駆り立てた日常生活に潜む狂気を描く衝撃のミステリー。

●好評既刊
代筆屋
辻 仁成

きっかけがありさえすれば、人は必ず出会える。出会ってしまえば、それはすでに恋のはじまり。運命というものは多分、信じた人のものになるのだ。手紙の代筆で人助けをする作家の物語。

●好評既刊
学校
松崎運之助

一九七二年に東京下町の夜間中学に教師として勤務した著者が出会った生徒達。社会でひどい仕打ちを受け、不当に差別されてきた人々が、文字を学ぶことで人間の尊厳を取り戻していく感動実話。

●好評既刊
正義の証明(上)(下)
森村誠一

社会的に非難を浴びる人物に麻酔弾を撃ち込む「私刑人」。彼はなぜ執拗に犯行を重ねるのか？法に庇護されなかった弱者と、暴力団、警察との壮絶な闘いを描く、森村ミステリーの金字塔。

悪夢《あくむ》の観覧車《かんらんしゃ》

木下《きのした》半太《はんた》

平成20年5月10日　初版発行
平成20年12月15日　6版発行

発行者――見城徹
発行所――株式会社幻冬舎
〒151-0051東京都渋谷区千駄ヶ谷4-9-7
電話　03(5411)6222(営業)
　　　03(5411)6211(編集)
　振替00120-8-767643
印刷・製本―株式会社光邦
装丁者――高橋雅之

幻冬舎文庫

ISBN978-4-344-41129-6　C0193　き-21-2